Des amours grain de sable

Daniel Christe

Des amours grain de sable

Nouvelles

LE LYS BLEU
ÉDITIONS

ISBN : 979-10-377-6057-9

Son plus beau cadeau de Noël

Personne n'a pu se reposer en toute confiance dans mon amour et je ne me reposerai, à la fin, dans l'amour de personne.

Emmanuel Carrère

Tout juste sortie du cinéma, aveuglée par la lumière vive du boulevard et un soleil de décembre encore bien vigoureux, Julie profite avec bonheur de l'instant. Avec volupté, la boule de feu se love lentement dans les draps colorés aimablement préparés par l'océan. Comme des chevets géants, les deux tours, rosies par ses derniers rayons, semblent veiller sur le Vieux port.

Encore toute bouleversée par les dramatiques images d'un film qu'elle voit pour la troisième fois, Julie se laisse porter, ballottée par la foule tout à coup pressée d'effectuer ses derniers achats de Noël. Pour la circonstance, les rues ont accueilli avec bonheur un toit de guirlandes multicolores. Les vitrines, maquillées de neige artificielle, tentent de donner le change malgré la douceur de la température alors que Noël est tout proche.

Comme beaucoup de flâneurs, Julie a elle aussi attendu le dernier moment pour effectuer ses achats. Célibataire, ses cadeaux se résument à peu de choses. Certaine que son père, amateur de bons vins, appréciera ce magnum de Margaux repéré dans la vitrine d'une vinothèque de la rue Saint-Yon, elle prend tout son temps, d'autant plus qu'elle hésite encore pour le cadeau de sa maman.

Arrivée sur la petite place à l'angle de la rue du Minage et de la rue du Temple, Eugène Fromentin, perché tout en haut de son socle de pierres blanches de « Crazannes », observe d'un air détaché tous ces gens affairés, les mains encombrées de paquets plus ou moins volumineux. Un sapin, dont la cime flirte avec le firmament, tout de blanc vêtu et planté là provisoirement, semble très fier d'exhiber à la foule ses branches agrémentées de boules polychromes et costumées de dentelles.

Au pied de cet arbre gigantesque, un violoniste tente vainement de distraire un flot humain semblable à des robots. L'esprit occupé par ses achats, la foule passe sans même prêter une oreille attentive à la musique et aux chants mélodieux d'un troubadour anonyme venu bénévolement les distraire. Seules quelques vieilles personnes, apparemment moins pressées, font cercle autour de lui, attentives et émues par les miaulements de son violon.

Attirée par les airs « tzigane » et la voix chaude et puissante de l'artiste, Julie s'arrête net. Elle ne comprend rien aux paroles de ces chants venus probablement d'un pays d'Europe centrale, mais la voix est si belle, la musique si ensorcelante, qu'elle est incapable de faire un pas de plus. Discrètement, se dissimulant derrière un vieux monsieur coiffé d'un feutre noir, elle observe avec intérêt cet artiste inconnu. L'archet paraît voler tant il effleure avec délicatesse chaque corde, arrachant au violon des sons emplis d'émotion.

La beauté de cette musique la touche au plus profond d'elle-même, allant jusqu'à lui provoquer un frisson innocent lui parcourant insidieusement le dos. Son regard est bien incapable de se détacher des mains et du visage du beau jeune homme jouant et chantant comme un Dieu. Elle se surprend même à fermer les yeux pour mieux déguster ce pur moment de bonheur et oublier la foule bruyante et irrespectueuse qui la bouscule sans raison.

C'est le silence soudain qui la sort de son rêve, sans qu'elle ait pris conscience du temps écoulé. Seuls les pas pressés des derniers badauds résonnent sur les pavés de la place maintenant désertée. Discrètement, sans bruit, l'artiste a disparu avec les derniers spectateurs. Gênée de se trouver ainsi abandonnée et sans raison apparente, elle s'enfuit en courant, craignant sans doute d'être poursuivie par le fantôme de l'artiste.

Impossible pour elle de chasser de son esprit la musique et le visage de cet excellent musicien, doué et beau à la fois. Son image s'est comme incrustée de force dans sa mémoire de jeune femme. Julie se souvient avec précision de ses mains frêles et pourtant si agiles conduisant son archet avec une rare maîtrise. Et que dire de sa voix ensorceleuse à l'accent slave ? Peut-être lui manque-t-il déjà ?

Arrivée dans son confortable studio décoré avec goût, elle ressent soudain comme un vide. Il lui est désormais impossible de penser à autre chose qu'à l'inconnu de la petite place. Réflexion faite, elle se demande pourquoi elle ne l'a pas approché de plus près, se reprochant surtout n'avoir pas osé lui parler. Timide, complexée, Julie n'arrive pas à vaincre cette peur irrationnelle qui l'empêche d'aborder les hommes. Née avec une malformation altérant son visage depuis sa naissance (fente palatine appelée vulgairement « bec de lièvre »), elle a subi plusieurs opérations venues pratiquement à bout de cette injuste disgrâce. Seule une cicatrice se remarquant à peine reste visible sur sa lèvre supérieure.

Les moqueries de ses camarades d'école, qu'elle a trop longtemps supportées, sont autant de blessures indélébiles qui encombrent à tout jamais sa mémoire. Aujourd'hui encore et malgré les années passées, le traumatisme reste présent. Le seul fait de penser à cette légère marque l'empêche de jouir pleinement de la vie. Le regard de la foule, plus encore celui des hommes, l'épouvante et l'inquiète. Julie ne parvient pas à croire que l'on puisse se retourner sur elle, sur son corps pourtant parfait et son élégance de femme, mais uniquement sur sa cicatrice.

Une folle et incontrôlable envie de le revoir s'est subitement emparée d'elle, juste pour entendre à nouveau cette voix suave, mais surtout pour chaparder et conserver en elle, chaque trait de son visage qu'elle enfouira au plus profond de son cœur. Osera-t-elle enfin se montrer ou continuera-t-elle ce puéril jeu de cache-cache ?

Le lendemain, son travail tout juste terminé, elle se précipite dans la foule encore plus dense et pressée que la veille la conduisant directement au pied du grand sapin. Le temps change vite en bord de mer. Hier ce soleil éclatant, aujourd'hui une pluie fine et glaciale s'est abattue sur la ville. La nuit est tombée d'un coup et a gagné méchamment les rues luisantes devenues des miroirs. Les notes d'une musique qu'elle reconnaît aussitôt se faufilent le long des façades. Le musicien est bien au rendez-vous. À chaque pas la rapprochant de l'artiste, Julie sent son rythme cardiaque s'accélérer. La reconnaîtra-t-il ? L'a-t-il d'ailleurs réellement remarquée hier soir ? Julie ignore pourquoi faire preuve de tant de précipitations à retrouver cet inconnu alors que la plupart des hommes lui font habituellement peur. Elle ne cherche aucune réponse à ses ridicules et inutiles interrogations, n'ayant plus qu'une envie : le retrouver au plus vite.

Guidée, happée, aimantée par les miaulements saccadés du violon, elle s'arrête cette fois à deux pas de l'artiste. Comme la veille se fait discrète, mais pas trop, craignant qu'il ne la remarque pas. Il fait froid, très froid. Usant d'un alibi puéril, Julie cache son visage et peut-être sa cicatrice derrière une grande écharpe de laine blanche. Ainsi camouflée, elle ose affronter furtivement son regard pour aussitôt le porter sur ses mains et son violon. Le miracle attendu se concrétise enfin quand l'artiste lui adresse un sourire, comme pour la remercier de sa présence, preuve qu'il l'a bien reconnue.

Étonnée, émue, elle se retourne précipitamment, persuadée que ce sourire, véritable cadeau, s'adresse à quelqu'un d'autre, probablement à une jeune fille bien plus jolie qu'elle. Pourtant, il n'y a personne derrière elle. Julie devine alors ses joues s'empourprer, son corps se déliter. Envisageant un court instant la fuite, elle se reprend aussitôt, n'étant venue que pour lui.

L'artiste joue avec ferveur des airs venus de ces contrées où le froid et la neige ne manquent jamais le rendez-vous de Noël. La tête amoureusement penchée sur sa mentonnière paraît comme soudée à son violon. Probablement fatigué par plusieurs heures de station debout, le violoniste joue assis, ce qu'elle n'avait pas remarqué la veille. Ses yeux mi-clos, protégés par de longs cils noirs et soyeux, fixent les cordes de son instrument que l'archet, aussi léger qu'une plume, caresse à une vitesse folle. Sans toutefois comprendre les paroles de ses mélodies, Julie devine tout ce qu'elles peuvent révéler et ce qui est probablement enfoui en elles. Rien qu'à voir les expressions de son visage, elle en découvre le sens. À lui seul, son violon exprime les doutes, les joies, mais aussi l'espoir de lendemains heureux et une folle envie de vivre !

Parfois, brièvement, son regard glisse sur elle, comme s'il lui destinait personnellement sa mélodie. Prudemment, Julie relève la tête tout en recevant simultanément une œillade langoureuse de l'artiste plantant avec audace ses yeux dans les siens, la laissant sans réaction. Croyant devenir sa proie et son otage, elle souhaite néanmoins que cet instant de bonheur puisse durer toujours !

Julie reste persuadée qu'il ne joue et ne chante que pour elle. Sans s'interrompre, il enchaîne avec une époustouflante virtuosité les airs entraînants que l'on doit jouer les jours de fête dans son pays. Subjuguée, elle met un instant ses yeux au repos afin de mieux goûter cette merveilleuse musique et oublier les bruits parasites de la foule pressée. Frustrée, son regard se concentre sur la moitié visible de son beau visage, l'autre étant amoureusement collée à son violon qu'un instant elle envie. Elle aussi aimerait se laisser caresser par cette joue et ce menton mal rasés. Par moment, les paupières du violoniste se soulèvent, découvrant de grands yeux d'un vert si clair qu'on pourrait les croire transparents. Julie remarque son nez légèrement aquilin se gonfler à chaque inspiration. Une bouche charnue et sensuelle, faite tout spécialement pour les baisers, laisse entrevoir des dents d'une blancheur éclatante. Ses longs cheveux noirs et bouclés se balancent au rythme de la musique, découvrant une oreille bien faite destinée à guetter chaque note.

Il doit avoir le même âge qu'elle, la trentaine tout au plus. Lui aussi dévisage secrètement la jeune femme pour mieux se souvenir d'elle, ses yeux captant et enregistrant toutes les formes de cette beauté inconnue. En rentrant chez lui ce soir, il saura la décrire en détail. Malgré l'obstination dont Julie fait preuve à vouloir dissimuler son visage derrière son écharpe, il se souviendra de sa chevelure flamboyante, de sa peau légèrement ambrée laissant deviner quelques taches de rousseur. Lui aussi s'est laissé apparemment prendre au piège de ses grands yeux abrités derrière de longs cils noircis par le fard. Sans être très grande, sa tenue décontractée et sportive lui confère une allure de jeune femme élégante, comme justement il les aime.

Le charme est brutalement rompu par sept sons brefs et clairs qu'égrène laconiquement la grosse horloge, rappelant à tous que la fête est finie pour ce soir. Un à un, les magasins répondent au signal, baissant aussitôt leurs rideaux dans un vacarme étourdissant. Avec des gestes lents et soigneux, le musicien range alors son instrument et ses partitions sous les chauds et derniers bravos des spectateurs encore présents.

Après un timide salut de la tête, Julie envisage avec regret de partir lorsque le jeune homme, le visage éclairé d'un sourire séduisant, l'invite à s'approcher.

— Mademoiselle, puis-je vous demander un petit service ?

— Oui, bien entendu, lui répond sans réfléchir une Julie tout excitée et ravie qu'il se soit adressé à elle !

— Habituellement, c'est ma mère qui m'aide à transporter tout mon matériel à la maison, mais aujourd'hui, il me semble bien qu'elle a dû m'oublier ! J'habite tout près, pourriez-vous m'aider en poussant mon fauteuil jusqu'à mon domicile se trouvant tout près d'ici ?

Jusque-là, Julie n'avait vu que le beau musicien, ignorant sincèrement son infirmité. La rue du Temple, débarrassée de la foule et des chants, est à nouveau plongée dans un méchant silence. Loin d'imaginer ce jeune homme prisonnier de ce maudit fauteuil le reliant encore au monde, une angoisse soudaine envahit sa poitrine. Refusant cette cruelle vérité, elle refuse et tente de se rassurer, croyant à une immobilisation temporaire.

— Je m'appelle Nicolas ! lui lance-t-il en se retournant vers son guide.

— Moi c'est Julie ! lui confie-t-elle aussi vite.

Comme s'il la connaissait depuis toujours, Nicolas lui confie son violon soigneusement rangé dans son étui de cuir qu'elle porte à son épaule. Prenant soin d'éviter les obstacles de la rue et ainsi harnachée, Julie pousse avec fierté et dextérité cet étonnant attelage. De peur sans doute qu'on ne les prenne pour des saltimbanques ou peut-être sûrement par crainte d'être reconnue par une de ses collègues de bureau, elle presse sciemment le pas.

— Vous conduisez comme une vrai pro ! Laissez-moi deviner, vous êtes infirmière !

— Perdu !

Puis, subitement, un doute probablement idiot l'envahit. Tout en appréhendant de quitter bien trop tôt ce charmant jeune homme, Julie redoute une mise en scène peut être préméditée, voire un piège sordide. Ces idées folles nourrissent alors en elle une angoisse irraisonnée, allant jusqu'à lui faire redouter une issue fatale. Elle flaire son cœur s'emballer, une douleur violente s'emparer de sa poitrine. Muette et songeuse, elle freine inconsciemment sa course en éprouvant malgré tout un certain plaisir de se savoir utile.

— Prenez à droite, voyez cet immeuble aux portes rouges, j'habite ici ! Nous sommes presque arrivés !

Bien évidemment, Julie s'est promis de refuser toute invitation de la part de cet inconnu. L'aventure va donc prendre fin au pied de ce bâtiment.

— Merci mademoiselle ! Pouvez-vous appuyer sur le bouton situé sous la plaque de marbre blanc ?

Julie s'exécute sans précipitation. La porte à deux battants libère alors un passage suffisant pour un fauteuil roulant. L'accès à un grand vestibule s'offre aussitôt à sa vue, l'entrée donnant directement sur une pièce où, discrètement, elle remarque un impressionnant piano blanc la meublant à lui seul.

Leurs regards se croisent, Nicolas hésite un instant. Pourtant, il n'invite pas son cicérone à entrer. Rassurée mais déçue à la fois, Julie aurait malgré tout souhaité profiter encore un peu de sa présence.

— Je vous remercie beaucoup pour votre gentillesse, lui dit-il avec courtoisie. Je n'ose pas prendre davantage de votre temps, certain que votre famille vous attend pour le réveillon, mais accepteriez-vous de venir mercredi vers dix-sept heures, après mon dernier cours ? Nous prendrons un café ou un thé et ferons davantage connaissance. J'aurai beaucoup de joie à vous revoir et à parler avec vous !

Avec peut-être un peu trop de précipitation, Julie accepte avec enthousiasme ce rendez-vous secrètement espéré.

— Oui, avec plaisir, mais pas avant dix-huit heures trente, juste après mon travail, lui répond-elle d'une voix éraillée.

En guise de salutation, Nicolas lui tend une main douce et vigoureuse, tout en lui rappelant son invitation :

— J'attends votre visite avec impatience !

Leurs regards se croisent une dernière fois avant que la lourde porte rouge ne se referme lentement sur Nicolas. S'approchant alors timidement de la plaque qu'elle avait tout juste eu le temps d'apercevoir en sonnant, elle lit :

« Nicolas Doré, professeur de musique ».

Soulagée, heureuse, elle réalise soudain que Nicolas, l'étonnant musicien, existe réellement ! Cette révélation agit alors sur elle comme un tranquillisant. D'un pas redevenu miraculeusement léger, l'esprit libéré de ses sottes angoisses, Julie n'a plus qu'une idée en tête, le revoir au plus vite.

Il lui faut pourtant absolument modérer cette impatience dont elle fait trop souvent preuve. Deux jours. Deux jours interminables la séparent de son rendez-vous. Une éternité !

Julie en aurait presque oublié le réveillon de Noël prévu chez ses parents ainsi que les cadeaux qu'elle leur destine. La vinothèque ayant prolongé son heure de fermeture, elle se précipite dans le magasin presque désert et, comme un zombie, erre parmi les rayons à la recherche du magnum de Bordeaux aperçu voici quelques jours. Pour sa maman qu'elle sait gourmande, elle choisit une boîte de chocolats fourrés à l'Armagnac.

Malgré les merveilleux souvenirs des Noëls passés auprès de ses parents qu'elle adore, cette fin d'après-midi demeure pour elle un instant inoubliable. Serait-ce donc tout simplement ça le bonheur ?

Ce soir, Julie fait preuve d'une gaieté et d'une inhabituelle décontraction. Elle rit, plaisante, chantonne. Comme une petite fille éprouvant le besoin d'être cajolée, elle s'assied sur les genoux de son père, l'embrasse comme lorsqu'elle était enfant, puis court se réfugier dans les bras de sa maman, la couvrant de baisers. Comme ils aimeraient la voir toujours ainsi !

— Toi, tu es amoureuse ! lui lance son père en riant.

Ils aimeraient tant que leur fille mette rapidement fin à un célibat qui les inquiète et les angoisse, qu'elle cesse enfin de fuir les hommes et parvienne à fonder un foyer. Ils sont si impatients de gâter et aimer de futurs petits-enfants.

Joyeuse comme jamais, Julie rit, plaisante en leur racontant, avec moult détails, sa rencontre toute récente avec le plus beau et le plus fabuleux des artistes. Excitée comme une collégienne après son premier rendez-vous, elle ne tarit pas d'éloges sur ce bel inconnu. Il lui tarde pourtant de se retrouver seule, de ne penser qu'à celui qui la fait déjà tant rêver. Tous les prétextes lui sont alors bons pour écourter la soirée. Indulgents et soupçonnant un rendez-vous amoureux, ils ne la retiennent surtout pas !

Le pas léger, Julie vole plus qu'elle ne marche vers son petit nid douillet, prête à consacrer ses pensées au seul Nicolas, certaine de rêver et de revivre les instants bien trop brefs passés auprès de lui et des espoirs naissants la faisant espérer un bonheur qu'elle ne croyait jamais connaître. Néanmoins, Julie se pose mille questions à son sujet, tout en se l'imaginant libre, bien entendu !

« Est-il encore capable de s'habiller seul ? Faire sa toilette sans aide ? Jusqu'où la paralysie l'a-t-elle gagné ? Est-il condamné à passer le reste de sa vie célibataire, ignorant pour toujours les joies de l'amour ? Peut-il encore seulement espérer avoir des enfants ? »

Autant de questions qui la dérangent et la troublent alors qu'elle ne le connaît que depuis deux jours seulement. Afin de se rassurer, elle l'imagine encore célibataire et libre, peut-être même prêt à fonder un foyer.

De toute évidence, ce garçon lui plaît. Son charme, sa douceur et son talent ont su ouvrir en grand les portes de son cœur. Julie se sent prête à oublier son handicap qui d'ailleurs ne l'effraye absolument pas, ne voyant en lui que l'homme rayonnant et doué d'un prodigieux talent. Il ne lui manque plus qu'à faire connaissance avec son âme pour peut-être l'aimer tout à fait. Encore deux jours d'attente !

Dormir ! Dormir afin de chasser ces idées saugrenues, dormir pour mieux rêver de lui !

Le sommeil ne veut pourtant pas d'elle. Le champagne bu chez ses parents serait-il seul responsable de son insomnie ? La voix de Nicolas, les mains de Nicolas, les notes du violon, les chants venus d'ailleurs accompagnent ses pensées dans lesquelles il est le seul héros. Tout se bouscule dans sa tête comme si, caché dans un coin de son studio, il continuait à jouer et à chanter pour elle. Le sommeil prend enfin pitié d'elle, la détachant lentement du monde.

Dans ses rêves, il est encore plus beau, plus doux, plus énergique. Le fauteuil maudit n'existe plus. Elle croit même un instant le voir se lever, s'avancer vers elle, l'inviter pour une valse viennoise avant de se lover contre son corps nu dans les draps froissés de son lit en désordre.

Lorsqu'après cette attente impossible de deux jours elle sonne au domicile de Nicolas, l'émotion est à son paroxysme. Le trac, les doutes font à nouveau grelotter sa poitrine se trouvant subitement à l'étroit dans son corsage de soie blanche. Tout en soignant sa toilette, elle a choisi une tenue sobre, pantalon de flanelle noire mettant en valeur les formes magnifiques de son corps, assorti d'une courte veste en suédine. Prête et manifestement décidée à lui plaire et pourquoi pas à le séduire, elle ressent soudain un doute inexplicable, comme au premier jour de leur rencontre. Et si cette curieuse invitation n'était qu'un affreux piège ? Se retournant, elle se demande s'il n'est pas encore temps pour elle de s'enfuir.

Trop tard. La porte s'ouvre sans même laisser à ses pensées le temps de s'égarer sur ces chemins tortueux, sans même qu'elle puisse disposer d'une seule seconde pour réfléchir à l'attitude à tenir devant cet homme qu'elle connaît somme toute à peine.

— Entrez Julie, lui dit-il avec un large sourire. Je suis heureux de constater que vous avez tenu votre promesse !

Il invite alors la jeune femme à quitter son manteau et à s'asseoir sur une banquette de velours disposée tout près du grand piano à queue entraperçu la veille. Nicolas se déplace comme un valide, son fauteuil semblant connaître avec précision le moindre recoin d'un appartement conçu pour un infirme. Tout est parfaitement adapté afin qu'il puisse y trouver ses repères. Les meubles, l'évier, la plaque chauffante, le frigo, tout est à sa hauteur. Julie comprend alors l'utopique espoir secrètement envisagé de le voir marcher à nouveau.

Émerveillée, suffoquée par tant d'agilité, elle ne le quitte pas des yeux. En un rien de temps, les tasses, le café, le lait et les biscuits trouvent leur place sur la table de salon, le tout disposé avec un raffinement insoupçonné.

Leurs regards se croisent d'une façon fugace, sans toutefois se confondre. Semblables à deux collégiens, aucun des deux n'ose entamer la conversation. Le silence est pesant. Ils ont pourtant tant de choses à se dire. N'est perceptible que le doux bruissement des petites cuillères tournant sans fin au fond de leur tasse. Attentive, Julie s'oblige à graver dans sa mémoire ces moments si fugaces, ces gestes simples de la vie qui, là, prennent toute leur valeur, signes d'un bonheur que l'on laisse parfois trop facilement s'envoler.

Tout en sirotant religieusement leur café, la conversation étonne par sa banalité, Nicolas faisant preuve d'une timidité dont elle le croyait dispensé. Julie lui sourit, c'est tout ce qu'elle parvient à faire, réalisant qu'il s'agit cette fois d'une première rencontre où elle se retrouve seule dans la tanière d'un homme.

Alors, patiente, elle attend qu'il veuille bien se dévoiler un peu, lui qui a tant insisté et souhaité sa présence aujourd'hui.

Voulant l'aider à débarrasser les tasses, la jeune femme se voit opposer un refus aussi ferme que courtois.

— Laissez Julie, vous êtes mon invitée. C'est peut-être prétentieux de ma part, mais je ne me considère pas comme un handicapé, mais quelqu'un de juste un peu différent. D'ailleurs, il est temps pour moi de vous offrir un petit cadeau que j'ai spécialement composé pour vous !

Sans autre explication, Nicolas se dirige auprès de son piano. Découvrant avec précaution le clavier, il en ressort une partition manuscrite fraîchement composée à l'intention de la jeune femme.

— Cette musique est pour vous Julie !

Dorénavant totalement rassurée, elle l'observe avec bonheur, un bonheur à peine né de la veille. Elle suit ses doigts magiques courant à une vitesse folle sur les touches noires et blanches, les caressant, les effleurant à peine. Émue, elle ressent dans cette musique qui lui est particulièrement destinée, à la fois toutes les douleurs, toutes les incertitudes de la vie mais peut-être aussi, les prémices d'une belle aventure.

Afin de mieux goûter à ces instants si rares et si merveilleux, elle s'isole du monde, se permettant même de prendre ses aises sur le divan, encouragée d'ailleurs par un signe de Nicolas qui ne la quitte pas des yeux. Elle jouit pleinement de cet exceptionnel instant de vie. Sa musique est une voluptueuse caresse, chaque mot comme une parole d'amour. Quel magnifique cadeau de Noël !

Un instant, il lui semble même percevoir les mains de Julien se poser sur son corps devenu, comme par mystère, un étonnant instrument de musique. Elle croit deviner ses doigts agiles frôler son cou, s'attarder un bref instant sur ses seins avant de s'immobiliser sur son ventre. Il est le premier homme auquel elle permet ainsi de découvrir son corps, de l'admirer, de le toucher. Fortuitement, elle sent ses reins se creuser comme pour mieux accueillir les longues mains de l'artiste. Sans qu'elle y prenne garde, ses seins se sont durcis se dressant maintenant en direction du ciel, comme pour implorer Dieu que ce moment de bonheur ne s'arrête jamais. Réalisant le grotesque de son attitude, gênée, elle ouvre aussitôt les yeux. Nicolas, assis devant son instrument magique, lui sourit avec tendresse. À chaque arpège crescendo, il secoue la tête avec tant d'énergie qu'une indomptable mèche de cheveux lui balaie le visage tout saturé de sueur. Une envolée de notes claires met subitement fin à ce surprenant récital.

En deux tours de roue, Nicolas se retrouve face à Julie médusée.

— J'ai composé cette musique impromptue uniquement pour vous et en ai fait un CD que je vous offre en souvenir de notre rencontre et de notre amitié naissante.

Après cette inattendue invitation, c'est la première fois qu'un homme lui fait un cadeau, le plus beau des cadeaux, celui auquel elle rêvait depuis toujours : rencontrer enfin quelqu'un qui s'intéresse à elle, sans craindre qu'il ne s'arrête sur son visage ingrat. Les autres hommes lui font peur, mais pas Nicolas ! Surprise et comblée, elle ne sait pas comment le remercier, se contentant de le fixer droit dans les yeux comme le ferait une femme amoureuse, le visage toutefois défait par l'émotion. Les mots qu'elle pourrait prononcer à cet instant lui paraissent si puérils, qu'elle préfère se contenter d'un simple remerciement.

— Merci Nicolas, merci du fond du cœur pour ces instants merveilleux et cet inattendu cadeau !

— Vous le méritez Julie. Vous avez été ma plus fidèle auditrice parmi ces quelques badauds presque tous insensibles à ma musique. Lors de mes deux dernières prestations, votre seule présence valait pour moi mille bravos, mille encouragements. C'est la première fois que je me donne en spectacle dans les rues de La Rochelle. M'est venue tout à coup cette envie d'apporter un peu de bonheur à cette foule si triste en lui offrant ce modeste spectacle. Dans le pays de mes parents, en Ukraine, la naissance de Jésus se fête pendant une semaine au moins. Toutes les rues sont décorées à sa gloire, on rit, on chante, on est joyeux.

— Nicolas, parlez-moi de votre pays, parlez-moi de vous. Je veux tout savoir ! lui dit-elle avec audace.

— Un autre jour, Julie, j'ai tellement envie de vous revoir que je ne vais pas me dévoiler aussi rapidement.

Souriant, il dirige alors son fauteuil vers la porte, lui laissant comprendre poliment que l'entretien est terminé.

— Excusez-moi, je ne vous chasse pas, un peu tout de même, mais j'attends un élève ! À quand votre prochaine visite ?

Décontenancée, ayant compris le message, Julie se lève à regret, rassemble ses affaires en lui répondant du tac au tac.

— Demain, dix-huit heures trente, si cela vous convient !

— Parfait. Je vous attends avec impatience !

Arrivée dans son studio, Julie comprend vite qu'elle ne trouvera pas facilement le sommeil et pense déjà à demain, sentant naître en elle un sentiment jusque-là méconnu mais d'une violence extrême. Cet homme n'est pas ordinaire. De toute évidence, elle prend conscience que son cœur vient de se laisser prendre au piège de l'amour, jusqu'à en oublier, comme Nicolas sait si bien le faire, ses doutes et son insupportable cicatrice. Le personnage est si attachant, si riche et mystérieux, qu'elle se demande s'il ne lui faudra pas des années avant de tout connaître de lui.

Seul dans sa pièce devenue subitement triste, Nicolas regrette d'avoir écourté avec inélégance cette entrevue pourtant si délicieuse. Chagriné, cherchant refuge auprès de son piano, c'est presque avec rage qu'il malmène ses touches. Redoutant les réactions de son cœur qu'il sent prêt à succomber au charme et à la beauté de Julie, il regrette malgré tout son lâche mensonge en ayant prétexté un faux rendez-vous avec un élève.

Cela fait pourtant si longtemps qu'il n'a plus goûté au plaisir et à la douceur d'une présence féminine à ses côtés. Obsédé par le parfum de Julie embaumant le salon, il enfouit son visage sur le canapé encore imprégné de son odeur. Demain, elle sera assise là à nouveau. Cette fois, il lui prendra les mains, les embrassera avec fougue. Il en est tout ému.

Après son terrible accident, il avait compris qu'il ne pourrait plus jamais remarcher ni jamais avoir d'enfant. Lentement, son cœur d'infirme s'était alors fermé pour toujours à l'amour, se réfugiant dans les bras de la seule maîtresse capable de le consoler, celle qu'il connaît depuis si longtemps et qu'il aime passionnément, la Musique. Oubliés ses rêves d'époux, de père aimant, les cris d'enfants joyeux jouant avec leur papa. Conscient de son handicap, il s'est juré de ne jamais demander à une femme de partager son malheur, ni d'embrasser le rôle d'infirmière, encore moins celui de « bonne ». Pourtant, aujourd'hui, il doute de pouvoir tenir cette promesse.

Les aiguilles de la montre de Julie paraissent vouloir refuser d'avancer. Dix fois, elle demande l'heure à sa collègue étonnée. Un enthousiasme, une nervosité qu'elle ne connaissait pas se sont soudain emparés d'elle.

Nicolas a lui aussi les yeux fixés sur le carillon et piaffe d'impatience, n'ayant plus qu'une idée en tête, revoir Julie au plus vite ! Avant de la connaître, tout était gris et triste dans son existence. Avec elle, ce sont le soleil et le bonheur qui sont entrés sans frapper dans sa vie monotone, sans pourtant lever ses doutes concernant une éventuelle relation amoureuse. Son cœur balance entre le désir de partager sa vie avec cette charmante jeune femme et la volonté de s'éloigner d'elle. La nuit entière ne lui a pas suffi pour venir à bout de ses hésitations, estimant déjà beaucoup trop Julie pour en faire son esclave ou sa prisonnière. Il mesure toutes les difficultés et les contraintes que pourrait rencontrer une compagne à ses côtés, lui, l'infirme à vie.

C'est également pour ces raisons qu'il avait souhaité, juste après son accident, le départ de Céline, sa fiancée d'alors. Il l'avait encouragée à partir, à le quitter, à le laisser seul avec son handicap. Elle avait accepté sa décision sans broncher, oubliant son orgueil et sa désillusion.

Julie a l'âge d'aller danser, de courir, de connaître l'amour et tous les bonheurs que la vie s'apprête à lui offrir. Sa décision est prise. Tout à l'heure, il lui avouera combien sa compagnie lui est agréable mais que leur relation ne peut être qu'amicale. Impatient, il expédie son dernier élève un quart d'heure avant la fin du cours, prétextant lui accorder une faveur méritée pour ses progrès prometteurs qu'il n'a pourtant pas remarqués.

Au bref coup de sonnette, on pourrait croire son fauteuil propulsé par un moteur invisible tant il se presse à gagner la porte d'entrée. C'est bien Julie, la belle et douce Julie qui se tient fièrement dans l'embrasure.

Coiffée d'une toque de fourrure blanche mettant sa jolie frimousse en valeur, elle lui rappelle sa maman au même âge, celle dont la photo ne quitte jamais son bureau. C'est dorénavant la seule femme qu'il se permette d'aimer. Nicolas paraît décontenancé, troublé par la ressemblance avec sa mère et cette beauté à laquelle il va cependant faire un chagrin immense. Il faudrait être aveugle et ne pas savoir lire pour ne pas déceler l'intérêt qu'elle lui porte déjà. Ils hésitent un court instant à s'adresser un amical baiser, se ravisent au dernier moment, comme pour ne rien précipiter, se contentent d'une chaleureuse poignée de mains, comme deux amis heureux de se revoir.

L'atmosphère semble néanmoins bien plus détendue que la veille. Assise sur le canapé, l'attention de Julie est attirée par la sobriété des lieux. Seuls trois portraits de musiciens inconnus d'elle décorent les murs d'un blanc immaculé. Après avoir préparé deux cafés, Nicolas immobilise son fauteuil à quelques centimètres de son invitée. Il la regarde comme un trésor rare, comme s'il la découvrait pour la première fois, lui sourit affectueusement avant de saisir ses mains froides dans les siennes toutes brûlantes.

Julie s'attend à une déclaration. Il ne peut en être autrement, tant elle est certaine d'avoir perçu son trouble en arrivant lorsque, avec ses grands yeux clairs, il l'a dévisagée, presque déshabillée avec une envie non feinte dans le regard. Devant son étonnant silence, elle se sent obligée d'engager la conversation. Le temps presse. Elle a hâte de tout savoir de lui.

— Parlez-moi de vous Nicolas, dites-moi, si vous y consentez, comment ce grand malheur vous est arrivé !

— De quel malheur voulez-vous parler ? lui dit-il en fronçant les sourcils. Ha ! De mes jambes mortes ! C'est tout simple, banal, comme le sont tous les accidents. Vous savez, j'ai malgré tout eu une chance extraordinaire. Lorsqu'un camion fou m'a soudain coupé la route, j'ai choisi de diriger ma moto en direction du talus. J'allais un peu trop vite pour l'éviter, encore moins pour m'arrêter. Pas assez, par contre pour sauter l'obstacle herbeux et profond comme savent si bien le faire les amateurs de moto-cross. La roue avant s'est lamentablement plantée au creux du fossé et, telle une ruade que seuls les chevaux sont capables d'exécuter – avec plus d'élégance, certes – je fus propulsé par-dessus une haie d'épines. J'aurais pu rester accroché aux branches et m'en sortir avec seulement quelques égratignures, mais mon élan m'emporta un peu trop loin, juste sur un rocher qui avait décidé de mettre fin à mon vol plané. Lorsque je revins à moi, un fourmillement de blouses blanches s'agitait autour de mon corps inerte. Mon premier réflexe fut de savoir si mes doigts voulaient bien encore m'obéir. Apparemment, ils fonctionnaient tous, avec peine, mais ils étaient indemnes. Je fus définitivement rassuré. Certes, j'ai accusé le coup lorsqu'on m'informa, quelques jours plus tard, que je ne remarcherais plus jamais. Mais mes mains étaient intactes, c'était là l'essentiel. J'allais pouvoir retrouver mes amis inséparables, piano et violon. J'ai tellement craint d'être obligé de les abandonner et de perdre pour toujours ces merveilleux compagnons. Curieusement, je me suis senti soulagé. Pendant des mois, je me suis obligé à rééduquer mes doigts gourds et endoloris, les obligeant à pianoter sur les draps blancs de mon lit d'hôpital.

Silencieuse, bouleversée, Julie écoute avec effroi le tragique récit que Nicolas relate pourtant avec désinvolture et humour, comme s'il s'agissait de quelqu'un d'autre. Il poursuit, toujours aussi sereinement :

— Vous voyez Julie, sans l'usage de mes jambes, je peux néanmoins me déplacer à mon aise, vivre à peu près comme tout le monde. Sans mes mains, je ne serais rien d'autre qu'un infirme, certes capable de se mouvoir, mais un homme inapte à tenir un violon, à serrer vos mains si douces qui me sont devenues déjà si familières. La musique est mon unique raison de vivre, comme elle l'était déjà avant mon accident. Dans ma vie, il n'y a malheureusement de place que pour elle.

Effondrée par ces dernières paroles, Julie écoute, pétrifiée, les yeux embués de larmes, la mise à mort de ses folles espérances. D'une voix tremblante et chargée d'émotion, elle ose néanmoins lui poser la question qui la taraude depuis quelques jours.

— Il n'y a même pas une toute petite place pour une femme amoureuse ?

— Non, il n'y en a jamais eu, et je ne suis plus libre. Qui voudrait à présent s'encombrer d'un invalide insupportable comme moi, lui répond-il en riant ?

— Peut-être vous trompez-vous ? lui rétorque Julie espérant le convaincre en lui faisant comprendre ses attentes exprimées à demi-mot.

Manifestement, Nicolas ne souhaite pas prolonger plus longtemps une discussion qui le gêne et l'embarrasse. Certes, il parle volontiers de son handicap avec dérision, mais secrètement il en souffre beaucoup. Il aimerait tant pouvoir tenir une femme par la taille, se promener le long du vieux port accroché à son bras, admirer avec elle les couchers de soleil, vivre à deux ces instants de bonheur que la vie offre généreusement. Mais il reste convaincu qu'il doit désormais se contenter d'amitié avec les femmes.

C'est avec amertume qu'il s'est néanmoins résolu à ne jamais plus connaître l'amour ni la douceur d'une présence féminine, même s'il se doute que Julie n'est pas venue pour entendre pareil discours. Aussi, préfère-t-il changer de conversation.

— Parlez-moi donc plutôt de vous, au lieu de dire des sottises, lui lance-t-il aussitôt en plaisantant !

Julie baisse alors les yeux, craignant avoir déjà compris le déchirant message de Nicolas. Elle le sent tellement déterminé, qu'il serait inconvenant d'insister. Pour l'instant ! Pourtant, il lui semble percevoir une petite voix qui lui conseille de se découvrir un peu plus, allant même jusqu'à lui avouer son admiration et l'intérêt qu'elle lui porte. Il est peut-être un peu trop tôt pour forcer les choses et compromettre cette amitié toute récente dont elle devra hélas se contenter ? Confuse et déstabilisée par le silence angoissant planant dans la pièce, elle affronte son regard répondant enfin avec sérieux et humour à sa question.

— J'aurais souhaité être un garçon !

Étonné par une réponse aussi farfelue, Nicolas s'esclaffe bruyamment comme pour dissimuler sa surprise.

— Mais pourquoi diable vouloir être un homme ? Vous êtes une femme, une très jolie femme d'ailleurs, et c'est tant mieux pour celui qui aura la chance de partager votre vie. Puis-je savoir les raisons de ce souhait plutôt bizarre ?

— J'aurais ainsi pu me laisser pousser la moustache et cacher cette lèvre difforme sur laquelle tous les hommes se retournent, sauf vous peut-être ?

— C'est que les hommes ne prennent pas le temps de s'arrêter sur ce qui est véritablement beau ! La beauté d'une femme n'est jamais que plastique, elle se cache dans son cœur, dans son âme. Cela mérite des milliers d'efforts avant qu'on ne la découvre véritablement. J'ai deviné au premier regard que vous étiez merveilleusement belle Julie, aussi bien dans votre âme que physiquement.

Reprenant soudainement espoir, elle croit lire dans les paroles de son idole, comme une déclaration d'amour.

Cachant sa gêne, soudain muet, Nicolas réalise aussitôt que son dithyrambique discours a peut-être été mal interprété par

Julie. Contenant avec peine sa déception, la jeune femme poursuit néanmoins.

— Ne dites pas de bêtises à votre tour Nicolas. Je suis laide avec cette déchirure qui me barre le visage, il n'y a bien que vous pour ne pas la remarquer !

Incapable de lui répondre, il se contente de lui sourire.

À cet instant, Julie mesure avec objectivité les obstacles qui se dressent sur le chemin du bonheur qu'elle aurait tant souhaité emprunter. N'y tenant plus, elle jette son visage dans ses mains tremblantes, laissant éclater sa peine et sa déception. Un pesant silence envahit à nouveau la pièce dans laquelle, quelques instants auparavant, l'ébauche d'un bonheur, semble-t-il, partagé, commençait à naître.

Désemparé par l'émotion sincère de la jeune femme, Nicolas va-t-il enfin se rendre ? Un sourire obligé aux lèvres, le jeune homme se rapproche de Julie larmoyante, lui sèche avec délicatesse les larmes qui la défigurent et qui lui font si mal. Saisissant à nouveau ses mains devenues subitement blanches et glaciales, comme si le sang s'en était échappé, des mains molles, paralysées elles aussi par un immense chagrin, il lui demande pardon.

— J'aurais tellement souhaité ne pas vous décevoir !

Tristes et désenchantés, ils prennent alors conscience qu'ils ne se reverront désormais qu'en amis, en très grands amis.

— C'est mieux ainsi, lui avoue Nicolas en la raccompagnant. Vos visites seront toujours les bienvenues, j'ai encore tant de choses à vous confier. Jurez-moi que vous ne me priverez pas trop longtemps de votre douce présence. Je mesure la chance que j'ai de m'être fait une amie telle que vous !

Julie regarde, comme pour la dernière fois, cet homme qu'elle n'est pas encore prête d'oublier. Leurs regards se confondent un court instant et, s'approchant, lui refuse volontairement cette main tendue, cette main qui n'a pas eu la force ni le courage de la retenir. Se penchant sur son beau visage, la joue de Julie effleure celle de Nicolas, juste avant que ses lèvres tremblantes ne rencontrent la bouche chaude et parfumée de celui qu'elle chérit. Interdit par l'audace insoupçonnée de la jeune femme, il lui sourit en refermant lentement la lourde porte rouge sur leur amour avorté.

Dans la rue balayée par un vent devenu soudain glacial, Julie sèche ses dernières larmes, sans toutefois parvenir à admettre la défaite ni à croire que sa première histoire d'amour va prendre fin avant même d'avoir commencé.

Assis devant la fenêtre, hagard, Nicolas reste figé devant la rue déserte. À cet instant, il donnerait tout pour voir Julie réapparaître, se rendant compte qu'il vient probablement de la perdre pour toujours. Il ne connaît ni son adresse ni son numéro de téléphone et s'en veut de tant de fierté, de tant d'hésitations. « Idiot ! Je suis un idiot », se répète-t-il en tournant le dos à cette fenêtre n'offrant plus que des maisons tristes noyées dans le brouillard.

Persuadée d'avoir réussi à faire ses premiers pas sur le chemin difficile de l'amour, Julie est maintenant certaine, grâce à Nicolas, de pouvoir plaire et aimer, espérant, peut-être un peu plus tard le convaincre. C'est du moins ce qu'elle ambitionne.

Comme un talisman, elle serre contre son cœur le CD que Nicolas a composé pour elle et qui restera, pour longtemps encore, un lien inébranlable et son plus beau cadeau de Noël !

Quelle que soit la longueur de la nuit, le soleil finit toujours par briller.

Poil de carotte

Je suis assis et j'ai pleuré. La légende raconte que tout ce qui tombe dans les eaux de cette rivière, les feuilles, les insectes, les plumes d'oiseaux, se transforme en pierres de son lit.

Paolo Coelo

Adossé à un rocher surplombant la rivière encore imprégnée de la tiédeur et du parfum d'une peau féminine, les yeux enfin secs de larmes d'avoir tant pleuré, je rêve à nos rencontres d'adolescents longtemps restées secrètes. Nostalgique, je me laisse bercer par le chant de l'eau descendant de la montagne et glissant sur un lit de galets blancs. J'ai toujours le cheveu aussi roux et le visage maquillé d'éphélides que je cache derrière une barbe maintenant grisonnante.

En contrebas, dans les eaux limpides de cette rivière magique, un enfant d'une dizaine d'années à peine, la chevelure cuivrée et broussailleuse, dirige dans le courant à l'aide d'un bâton, un minuscule bateau de fortune.

Il me ressemble. J'ai dix ans et me reconnais dans cette attitude de gamin solitaire. La volupté de l'instant me plonge alors dans mes souvenirs d'ado…

Claire, ma seule amie, ne va pas tarder à me rejoindre. J'entends d'ailleurs ses pas résonner dans le sous-bois, ses cheveux d'or voler et s'accrocher aux branches, sa voix douce et chantante retentir dans le silence de notre paradis.

— Jean, es-tu là ?

Comme chaque fois, surgissant de derrière un buisson, je me revois la surprendre, enlacer avec délicatesse ce corps de jeune fille fragile comme une plante tout juste sortie de serre. Combien de barrages, combien de moulins, avons-nous construits dans les courants de ce petit torrent ? Je me souviens, comme si le temps n'avait rien effacé, de cette plage artificielle que nous avions pompeusement baptisée « bassin de vie ». Elle nous demanda tant d'efforts pour sa construction que nous nous l'étions appropriée. Son lit fait de pierres et de galets d'une blancheur étrange m'avait toujours étonné. J'avais d'ailleurs demandé à grand-mère de m'expliquer pourquoi cette légende à son sujet.

« Jean, m'avait-elle confié avec sérieux, cette rivière mystérieuse est vivante et je comprends sa hantise de savoir sa couche encombrée par la pourriture des feuilles, des plumes et des cadavres d'insectes. Aussi, préfère-t-elle transformer tous ces déchets en pierres afin de la tapisser son lit d'un drap lisse et blanc. Mais je vais te confier un autre secret : si tu veux bien écouter avec ton cœur, tu pourras peut-être entendre également leurs messages. Oui mon petit Jean, certaines pierres parlent. Mais c'est un privilège auquel seuls les sages ont accès. »

Écouter les pierres parler ? Mémé me prenait vraiment pour un benêt ! Pourtant, on entendait bien le bruit de la mer et des vagues dans le gros coquillage lambi abandonné sur un coin de sa cheminée !

La curiosité me poussa alors à vérifier ses dires et à rejoindre au plus vite l'énigmatique rivière. Un galet blanc, aussi finement découpé qu'une plume d'oiseau, retint mon attention. Collé à mon oreille, j'entendis comme un murmure et, insistant, reconnus le chant du rossignol. Mémé n'avait donc pas menti ! Effectivement, les pierres parlaient !

Je mis Claire, ma seule amie, au courant de ma découverte et de mon secret. Mes camarades d'école, qui n'étaient d'ailleurs pas mes copains, étaient bien incapables de comprendre ces choses-là. Je les entendais déjà se moquer :

« Le rouquin est vraiment un peu con ! Paraît qu'il entend parler les cailloux ! »

Pourtant, comme si elle voulait définitivement me convaincre de ses pouvoirs, la rivière farceuse me joua ce jour-là un drôle de tour. Oubliées sur la plage, je m'étonnai de retrouver le lendemain, à la place de mes chaussures, deux pierres ressemblant à s'y méprendre à une paire de vieux godillots ! Plus de doute, mémé et la légende ne racontaient pas d'histoires ! À moi maintenant de déchiffrer le message… et de retrouver mes chaussures.

À douze ans, bien que nos corps commencent à prendre forme, surtout celui de Claire, nous ne trouvions pas impudique d'emprunter les tenues d'Adam et Eve quand nous nous baignions ou jouions dans la rivière. Depuis longtemps, nous avions fait promesse de ne rien nous cacher et de nous aimer pour la vie. Nus, accroupis dans le murmure de l'eau, nous recherchions sans cesse de nouvelles pierres parlantes. Certaines demeuraient muettes du fait probablement de leur grand âge. Celles ressemblant à des feuilles pratiquaient toutes le même langage, celui du bruit du vent lorsqu'il lui prend l'envie de les faire tourbillonner avant d'échouer à la surface de l'eau. Celles en forme d'oiseaux nous renvoyaient parfois de mélodieux gazouillis.

Devenue une magnifique jeune fille, je craignais que Claire ne puisse tenir sa promesse. Le rouquin échevelé que j'étais, poil de carotte, comme m'appelaient les garnements du village, crevait de jalousie en soupçonnant d'élégants jeunes gens l'entourer d'un peu trop près et pour certains tenter même de la courtiser. Que dire de mon visage maquillé de lentilles brunes chargées de punir les enfants roux ? À côté d'elle si belle et distinguée, qu'avais-je l'air ? Excellente élève, alors que j'avais tant peiné à la communale avant de m'engager comme apprenti menuisier, elle fréquentait le lycée, prête à passer son bac.

Pâques et les vacances approchant, mon amie n'allait pas tarder à rentrer au village. Le sommeil avait été long à venir et j'avais rêvé d'elle toute la nuit. Un délice que je lui souhaite de vivre également.

De peur de manquer l'arrivée du bus, j'étais arrivé avec une heure d'avance. Pour lui plaire, j'avais mis ma chemise bleue, celle que Claire préférait et pris soin de coiffer mes cheveux indomptables. J'imaginais déjà son air étonné quand elle découvrirait ma barbe naissante que j'évitais de raser depuis plusieurs semaines, effaçant du coup toute trace de juvénilité. Rirait-elle aussi de ma voix en pleine mue ?

Un signe de la main à travers la vitre du bus, du bleu dans le regard, un sourire étincelant, pas de doute, elle m'avait reconnu. Elle descendit la dernière, laissant ainsi s'éparpiller la foule. On se toucha, on s'embrassa, on se sourit. Nous étions si heureux de nous retrouver enfin, après deux mois d'absence. Nous n'avions rien perdu de notre amitié ni de nos connivences. On s'aimait sans se le dire. Il suffisait d'observer nos regards.

Nos mains se trouvèrent tout naturellement, s'enlacèrent en tremblant d'émotion. De bonheur aussi ! La rivière nous attendait. C'était notre plus sûre alliée. Complice, elle connaissait tous nos secrets, capable aussi d'acheminer, dissimulés dans un flacon flottant, nos messages et nos rendez-vous secrets.

Sans gêne, sans pudeur, Claire n'hésita pas à lancer sur la berge sa robe et ses sous-vêtements. Je contemplai son corps nu, parfaitement dessiné se refléter dans le miroir de l'eau à tout juste un mètre de moi, à portée de main, de cœur aussi. Ses petits seins pointaient avec arrogance, semblant m'interroger ou peut-être même me narguer. Son regard alangui me fit aussitôt comprendre qu'il me fallait vite en faire autant.

Dans le silence de notre paradis, je surpris Claire à rire aux éclats quand elle me vit, rougissant et emprunté, les mains en guise de cache-sexe. Elle m'accueillit avec des gerbes d'eau scintillant au soleil qui voulut bien, à ce moment précis, montrer le bout de son nez.

Claire brillait comme une étoile au milieu de notre barrage volontairement rebaptisé « bassin d'amour ». Lentement, nous nous allongeâmes dans les draps humides du ruisseau. Nous ne nous étions pas dit quatre mots, mais avions compris et deviné combien nous étions heureux d'être ensemble, sans témoin, si ce n'était notre amie la rivière.

La fraîcheur soudain nous surprit, pétrifiant nos peaux nues et trempées jusqu'aux os. Claire entreprit, avec sa robe de coton, de sécher mon corps grelottant. Je ressentis illico un plaisir infini lorsque ses seins m'effleurèrent le dos. Ce fut plus fabuleux encore quand je devinai un petit buisson soyeux me chatouiller les reins. Un plaisir jusque-là inconnu m'agita quelques secondes. Ce fut aussi fugace que violent, indescriptible, magique, doux comme un murmure. Masquant mon désarroi, je saisis mon chandail et la frictionnai à mon tour, lentement, afin de profiter le plus longtemps possible du parfum et de la douceur de sa peau. Sous mes doigts gourds, je la sentis frémir et surpris, découvris pour la première fois un grain de beauté en forme de coccinelle niché au creux de son épaule. C'est alors que nos lèvres impatientes et rougies par le froid se joignirent pour un fougueux baiser. Innocents sans être toutefois impudiques, nous nous sommes caressés. On aurait dit une Reine. Ma Reine, que je souhaiterais adorer et servir toute ma vie. Nos corps brûlants ne firent bientôt plus qu'un. Ignorant le monde, nous découvrîmes l'amour. Et ce fut merveilleux !

Claire avait promis qu'en cas de réussite au bac nous fêterions tous les deux son éventuel succès. Étant sans nouvelle d'elle depuis bientôt un mois, je déplorai cet énigmatique silence. Que lui était-il arrivé ? Qu'avais-je fait pour froisser son humeur ? J'imaginai aussitôt un sournois coup de foudre pour un lycéen brillant et bien fait de sa personne. Je ne lui écrivais jamais, de peur qu'elle ne se moque de mon orthographe approximative et de la tournure toujours un peu gauche de mes phrases. Elle si ! Sauf ces dernières semaines. Ses lettres étaient toutes merveilleuses. Les mots toujours choisis et transpirant l'amour.

Puis un jour, elle disparut, comme s'efface un murmure venu se perdre dans une foule anonyme. L'avais-je déçue par la maladresse de mes gestes à son goût peut-être trop osés ? Se serait-elle lassée d'être « la fille qui murmure à l'oreille d'un âne » ? J'écartai néanmoins aussi vite ces éventualités indignes de la confiance et de l'estime qui nous liaient.

Boule au ventre, inquiet, je l'attendis vainement à l'arrêt des cars. J'eus beau chercher son sourire et l'éclat de ses yeux, Claire n'était pas dans le bus devant la ramener au village. Peut-être ses parents étaient-ils allés la chercher en voiture ? Après deux longues heures d'attente près de notre bassin d'amour, je décidai de lui faire parvenir un message que je confiai à notre plus sûr commissionnaire : notre rivière.

Accompagné de mon chagrin, je l'ai longtemps cherchée, rôdant dans le village comme un mendiant dépité et affamé d'amour. La nuit tombée, je compris qu'elle ne viendrait pas ce soir, peut-être même jamais. La rivière s'était pourtant jusque-là avérée être une alliée fiable. Jamais de messages égarés, encore moins détournés !

Claire demeura invisible, comme disparue de la circulation. Même ses parents avaient mystérieusement quitté leur villa. Abattu, désespéré, je regardais avec désolation les volets de son habitation dorénavant obstinément clos.

Puis, un matin, dans le jardin déjà envahi d'herbes, émergea une minable pancarte mettant fin à toutes mes espérances :

« Maison à Vendre. S'adresser à l'agence. »

Quand je questionnai mes parents, ils restèrent vagues dans leurs explications, les soupçonnant néanmoins de me cacher la vérité.

« Nous avons appris par ses voisins que Claire avait été hospitalisée. Après un repos chez sa tante, son père préféra l'inscrire à l'internat d'un grand lycée privé d'Angoulême, juste avant qu'eux-mêmes prennent la décision de déménager pour une destination inconnue ! Inutile de la chercher mon petit Jean, elle ne reviendra plus et c'est certainement mieux ainsi ! »

La rivière aurait-elle aussi transformé son cœur en pierre mal polie pour qu'elle soit ainsi partie sans rien me dire, sans même me laisser le moindre mot ? J'échafaudai mille suppositions, mille explications, mille raisons, sans toutefois n'en accepter aucune. Tels des serpents venimeux, se faufilèrent de ruelles en rues, des cancans calomnieux, les vieilles du village colportant sur son compte des histoires sordides que je me refusai bien entendu de croire.

Depuis sa soudaine disparition, je sentais mon corps se faner comme une plante privée de lumière, ne trouvant plus aucune saveur dans les plats que me préparait ma mère. Claire disparue, tout était devenu fade. La nourriture, la vie. Surtout la vie !

Frustré par son absence, il m'aurait suffi néanmoins de presque rien, un mot, une lettre, pour garder quelque espoir. De jour en jour, je pris conscience du vide qu'elle laissait dans mon cœur. Il m'arriva même de penser à la mort. C'était je l'avoue, complètement idiot. Pourrais-je guérir un jour de cette profonde blessure ? Dépité, je choisis de quitter ce village dans lequel je n'avais plus rien à espérer, une seule obsession occupant dorénavant mon esprit : la chercher, la retrouver au plus vite, même s'il me fallait parcourir la France entière. Je savais les chemins longs et difficiles, mais quel bonheur lorsque je pourrais enfin la serrer à nouveau dans mes bras.

Je m'évertuai à ne penser qu'à elle, à toutes ces choses qui jusque-là avaient embelli ma vie d'enfant puis celle de mon adolescence. Impossible d'oublier les moments magiques passés dans notre bassin d'amour, ses allures de sirène quand elle s'y baignait nue, ses rires, sa beauté, ses cheveux souples et soyeux, sa bouche au goût de miel.

Mon apprentissage de menuisier terminé, je m'engageai chez les compagnons, perfectionnant ainsi mes connaissances, courant de ville en ville, sans toutefois perdre de vue mon ambition de retrouver Claire, celle avec laquelle nous avions fait promesse de jamais nous quitter.

Étonnés par mon comportement, mes collègues me chahutaient sans cesse : *que regardes-tu avec tant d'attention ? Qui cherches-tu donc dans ces rues encombrées d'une ville que tu ne connais même pas ?* Honteux, je leur répondais à chaque fois et sans hésitation *: Claire, une si belle amie mystérieusement disparue.*

Combien de fois me suis-je retourné sur des visages, des silhouettes de femme, croyant la reconnaître ? Mais aucune ne pouvait rivaliser avec son élégance et sa beauté. Souvent, je les trouvais vulgaires, trop maquillées ou alors dédaigneuses et moqueuses. Même si je dus souvent désenchanter, je poursuivis néanmoins mes recherches. Comme moi, celle que j'aimais devait avoir maintenant trente ans.

Voici une semaine, j'ai cru l'apercevoir dans une rue de La Rochelle. L'homme qui lui tenait le bras n'était pas son père, même s'il en avait l'âge. Trop vieux aussi pour être son mari. Nos regards se sont croisés. Je me suis retourné aussitôt. Elle aussi. Je la trouvai néanmoins trop maquillée, trop vulgaire, me sembla-t-il, pour ressembler à Claire ! Pourtant…

Accrochée à son bras, virevoltante comme un papillon tout juste éclos, le couple insolite disparut soudain, happé par le hall d'un hôtel minable. Elle avait pourtant tout de Claire, mais je refusai cette vérité. Trop cruelle ! Trop moche ! À les deviner tous les deux s'embrasser et peut-être sûrement même faire l'amour, j'avais le cœur brisé tout en demeurant incapable de condamner son dévergondage. Encore moins la haïr. Il fallait qu'elle soit bien malheureuse pour en arriver là !

Dissimulé derrière l'arcade d'une rue mal éclairée, je l'ai guettée pendant de longues minutes qui me parurent des heures. Malgré cette ressemblance, j'espérais encore m'être trompé. Cela aurait été tellement plus confortable !

Ils sortirent séparément, faisant semblant de s'ignorer. Plus de doute possible sur les activités de la jeune femme. Pourtant non ! Ce ne pouvait être mon amie ! Elle en était incapable ! Déjà, je lui demandai pardon de l'avoir prise pour une catin.

Fraîchement remaquillée, cette jeune femme que j'avais prise pour Claire flâna nonchalamment dans la rue des Merciers, s'arrêtant devant les boutiques décorées pour Noël. Les vitrines me renvoyèrent le reflet de ses yeux verts toujours aussi malicieux et séducteurs, celui de ses cheveux blonds devenus cependant légèrement plus foncés, presque châtains. La jeune fille de mes seize ans était devenue femme. Une très belle femme au visage tourmenté mais remarquablement beau. Juchée sur des escarpins à talons hauts, je reconnus toute la grâce et l'élégance de Claire.

Dans ma tête, les images et les souvenirs de notre adolescence me revinrent comme si nous venions tout juste de nous quitter. Puis brusquement, se dissipèrent, s'effacèrent de ma mémoire, me plongeant dans l'inconfort du doute.

Je lui emboîtai discrètement le pas. Devinant ma présence, elle s'arrêta devant une devanture et, sans se retourner, me surprit à l'observer. M'avait-elle reconnu ? Que pouvait-elle penser de cet homme au visage devenu soudainement écarlate en train de la pister ? Découvert, honteux de ma lâche attitude, je m'enfuis comme un voleur. À son tour, elle me suivit, me rattrapa même et m'aborda avec une audace qui ne lui ressemblait pas. Arrivée à ma hauteur elle m'interpella d'une voix se voulant volontairement naturelle et moqueuse :

— Alors monsieur piste les jeunes femmes ? À moins que tu ne veuilles passer un moment en ma compagnie ?

Je lui bredouillai une réponse pratiquement inaudible qu'elle prit aussitôt pour un accord. « C'est elle, j'ai reconnu sa voix ! » pensai-je heureux et déçu à la fois.

Comme un automate, je la suivis dans le dédale des vieilles rues de La Rochelle, tournant toutefois le dos à l'hôtel des « Quatre Sergents ». D'un pas assuré, elle marchait à mes côtés, souriante, comme si elle tenait à me tranquilliser. Je regrettai presque qu'elle ne se suspende pas à mon bras comme je l'avais vu faire avec ce vieux monsieur. Me conduisait-elle au bord de notre rivière magique pour retrouver notre bassin d'amour ?

Ce n'était pas une putain qui m'invitait, c'était mon amie, c'était forcément Claire. J'allais ainsi très bientôt tout savoir de son cruel silence et les raisons de sa subite disparition. Elle allait m'expliquer, me rassurer et moi lui pardonner. Nous allions à nouveau nous aimer, peut-être même nous marier, mais certainement ne plus jamais nous quitter. Par magie, je retrouvai tout à coup mes seize ans !

M'arrêtant devant un immeuble vieillot, je sentis une main douce et brûlante s'emparer de la mienne, me guider dans l'escalier usé plongé dans la pénombre. Profitant de l'obscurité cachant mon désarroi, j'observai son sourire, son élégance, le galbe de ses jambes que je savais parfait. Avais-je encore le droit de rêver d'elle ?

Le studio qu'elle occupait apparemment seule était décoré avec goût. Un petit paravent de soie peinte, représentant deux japonaises au bain, dissimulait un minuscule cabinet de toilette. Sur une patère fixée sur la porte d'entrée, un chapeau de feutre noir semblait attendre son propriétaire. Une banquette au cuir passablement élimé occupait tout un coin de la pièce. Perdu au milieu des quatre murs habillés d'un papier peint fleuri, je découvris, posée, sur un bahut, une photo en noir et blanc légèrement jaunie par le temps. M'approchant, je reconnus un paysage de montagne donnant naissance à un ruisseau se faufilant entre des rochers et venu se reposer dans un bassin bordé de sable blanc. Incapable de contenir les battements d'un cœur menaçant d'éclater, je me tournai vers mon hôte qui, depuis quelques minutes, m'observait discrètement.

Comme voici quelques années au bord de la rivière, la jeune femme m'invita à me déshabiller, envoyant valser ses chaussures au milieu de la pièce. En deux secondes, elle avait quitté sa robe à fleurs et ses sous-vêtements noirs. Comme le faisait Claire dans notre « bassin d'amour », elle exposait sans pudeur sa nudité parfaite. Ses seins s'étaient quelque peu alourdis, mais leurs pointes visaient toujours le ciel.

— Tu ne te déshabilles pas ? Serais-tu un timide ?

— Je ne suis pas venu pour cela Claire, mais….

— Tu connais mon prénom ? m'interrompit-elle étonnée.

— Claire, je suis Jean, ton ami, celui que mes copains surnommaient « poil de carotte ». Cela fait des années que je te cherche. Enfin, je te retrouve et tu fais l'étonnée !

— Excuse-moi, mais je ne connais aucun Jean ! Allons, ne joue pas les nigauds. Approche et raconte-moi ton histoire, ton chagrin né d'une jeune fille que tu as sans doute trop aimée. Refoule ces larmes inutiles qui brouillent ta jolie voix et laisse-moi te consoler.

Délicatement, comme une jeune fille amoureuse, elle appuya sa tête contre la mienne. Il me sembla alors reconnaître son odeur, sa façon de s'adresser à moi, la douceur de sa voix. Le reflet de son dos nu m'apparut soudain dans l'unique miroir de la pièce. La même peau de pêche, douce, brûlante de désir, mais plus de coccinelle au creux de son épaule. Je ne pus retenir ma surprise :

— Qu'as-tu fait de ton merveilleux grain de beauté Claire ?

— De quel grain de beauté veux-tu parler ? Je n'en ai jamais eu ! Tu dois te tromper de Claire !

— Je me souviens parfaitement de cette petite tache brune en forme de coccinelle ayant trouvé refuge à la base de ton cou.

— Elle a dû s'envoler ! Comme elles le font toutes dès qu'elles se sont réchauffées. Allons, je plaisante !

Déconcerté et troublé, je vacillai, ne sachant plus où j'en étais. J'allais forcément me réveiller, quitter enfin cet intolérable cauchemar.

— Mon pauvre chéri, approche… raconte-moi cette belle histoire, parle-moi de celle que tu cherches depuis si longtemps et qui t'a fait tant pleurer…

***

Il n'y avait pas grand monde ce matin à l'enterrement de grand-mère. Heureux de retrouver mes parents, je leur promis de ne plus jamais les laisser sans nouvelles. Ils m'ont appris qu'ils entendaient à nouveau des cris d'enfant dans l'ancienne maison de Claire.

Allongé sur le rocher encore tiède, je contemple le soleil couchant irradiant de rose la cime des arbres que l'automne a déjà rendu chauves. Il fera certainement beau demain !

Surpris par une voix féminine je sursaute. Il me semble soudain entendre comme un appel.

— Jean, mon chéri, es-tu là ? Il est l'heure de rentrer !

Médusé je me lève, certain d'apercevoir et de reconnaître l'ange qui semble m'apostropher. Les pierres parleraient-elles encore ?

— Claire ?

Le petit rouquin a disparu. Évaporé. Comme Claire. Il a dû prendre peur en entendant parler les pierres !

Il n'y a plus personne… Que le bruit du ruisseau mêlé au triste et intolérable silence. Celui qui me fait parfois si peur !

Les volcans de la colère s'endorment alors, faisant place à la mélancolie.

L'inconnue du bac

Au bout de la rue, cette lumière jaune des lampes tempête, cette joie, ces appels, ces chants, ces rires, c'est en effet le fleuve. C'est un village de jonques. C'est le commencement du delta.

Marguerite Duras

Sans y avoir été préparé, je découvre l'Asie, le Viêtnam et une vie étonnamment sereine malgré plusieurs années d'une guerre cruelle, longue et dévastatrice.

Après avoir laissé mes valises dans un hôtel tout juste convenable à Vinh-Long, petite ville offrant une vue splendide sur les nombreux bras du Mékong, je trouve, pour trois mille « dongs », une embarcation susceptible de me conduire jusqu'à Sadec. (3000 dongs = 1,20 €)

Coiffée d'un chapeau de paille retenu par un foulard jaune, la jeune batelière slalome avec bonheur parmi les jacinthes d'eau. Alentour, résonnent des cris d'enfants jouant sur les rives du fleuve jaune et le murmure de l'eau alimentant avec générosité des canaux menant aux maisons faites de tôles et de bois certainement récupérés. Méditation, marché flottant, pêcheurs, baigneurs, transport de marchandises, le Mékong est une « Mère d'eau à tout faire ».

À cet instant précis, j'oublie le stress de la vie parisienne, les visages sur lesquels aucun sourire ne parvient plus à s'accrocher. Ici, c'est tout le contraire. Souriante, aimable, la population n'oublie aucune loi d'une hospitalité traditionnelle malgré les séquelles d'un conflit encore présent dans toutes les mémoires et « l'ogre chinois » qui joue comme bon lui semble avec les niveaux d'eau du fleuve, alternant sécheresse et inondations aux dépens des riverains.

Avant son dernier souffle, mon père m'a fait promettre de venir jusqu'ici afin de rencontrer l'homme pour lequel il a conservé intactes son estime et sa gratitude malgré les circonstances trompeuses.

« Mon petit Jean-Claude, m'avait-il dit d'une voix faible, je vais te confier une délicate mission. Tu dois te rendre à Sadec afin de rencontrer mon ami, monsieur Dang, afin de lui faire part de ma lâcheté et de mon silence de trente-cinq années qui lui ont probablement brisé le cœur. Dis-lui combien je regrette de ne pas l'avoir forcé à m'écouter le jour où nous nous sommes quittés, et surtout à me croire, ce qui aurait évité peines et remords à chacun de nous. Remercie-le pour son aide et de m'avoir sauvé la vie. Dis-lui que je quitte cette terre sans avoir un instant cessé de l'aimer comme un frère. »

Du débarcadère fait de planches vermoulues, je découvre le village, la « maison bleue », devenue poste de police, les cerfs-volants, les baraques en bois montées sur pilotis reflétant leurs chatoyantes couleurs dans une eau étonnamment jaune.

J'angoisse. Mes mains se crispent au fond de mes poches, l'une sur mon passeport et mon portefeuille, l'autre sur un papier froissé sur lequel est notée l'adresse de monsieur Dang, l'homme que je suis chargé de rencontrer et qui ne m'attend pas.

Trente-cinq ans que les Français sont partis du Viêtnam. Pourtant, il me semble ressentir encore cette présence française à chaque coin de rue, m'arrêtant un instant devant la Poste principale, le commissariat de police et tant d'autres demeures aux balcons richement sculptés. Les pétrolettes ont remplacé les pousse-pousse et les nostalgiques Ao-dai, tenues préférées des étudiantes, composées d'une tunique blanche et d'un pantalon de soie, ayant peu à peu fait place aux corsages échancrés et aux jeans moulants.

Une pluie de fin de mousson a bien voulu cesser. Enfin ! J'avise alors un petit homme endormi derrière son étal fait de bric et de broc offrant tout et n'importe quoi. Avec un aplomb cachant mon angoisse, je lui présente, sans le lâcher, mon précieux bout de papier. Il me fait alors une grimace que je prends pour un sourire (ou l'inverse) et, soudain éveillé, m'invite à le suivre sur un chemin boueux. Ses pas sont rapides et saccadés et, avec une agilité de chat, enjambe avec facilité les jonques enchevêtrées.

Monsieur Dang habite une maison de bois posée sur un bac réformé. Jaune à parements rouges, elle me semble toutefois plus gaie que les autres. Mon guide entre sans frapper. Il doit bien connaître son voisin.

Appuyé sur un bâton qu'il semble ne jamais quitter, m'apparaît alors un vieillard à la barbe jaunie dont la tresse flirte avec son nombril. Impassible, les mains jointes, il me salue avec la politesse asiatique due à tout visiteur. Une paire d'yeux noirs et vifs, à peine ouverts, me fixe, me jauge. Un son imperceptible sort enfin de cette bouche aux lèvres aussi minces qu'un trait de crayon :

— Anh ! (bonjour)

— Bonjour monsieur !

— Ah vous êtes Français ! Que puis-je pour vous ?

— Monsieur Dang ?

— Lui-même !

Ce petit homme maigrelet m'impressionne. Ses yeux surtout. Comment va-t-il réagir au message que je suis chargé de lui transmettre ? Cela fait déjà trois fois que je ravale ma salive, ne sachant plus par où commencer. Ce n'est pourtant pas faute d'avoir répété cette scène dans ma tête, mais je ne m'imaginais pas me trouver face à un regard aussi sévère, inquisiteur et très impressionnant.

— Mon père, Jean Marchand, m'a chargé d'un message.

— Comment va monsieur Jean ?

— Il est décédé l'année dernière. Il avait cinquante-six ans.

— Xin lôi ! (Pardon)

Assis sur les talons, face à moi, mon hôte me propose un coussin. J'accepte son invitation et, l'imitant, m'assieds avec peine sur un vieux tatami aux franges usées.

Yeux fermés ou presque, regard insaisissable, il attend que je parle, m'écoute sans toutefois montrer le moindre signe d'impatience ou de curiosité. Son visage, aussi immobile qu'une statue vietnamienne, me rappelle ceux du musée Grévin. Lorsque j'aborde les regrets exprimés par mon père, je vois alors ses yeux s'animer, sa pomme d'Adam s'agiter comme prise d'une frénésie folle. Son corps de vieillard fatigué s'affaisse lentement dans les plis de sa vareuse. Je le sens tendu, mais toujours aussi figé et silencieux. Je comprends alors qu'il n'a aucune envie de parler de ce sujet qui fâche, tout en le soupçonnant de savoir malgré tout beaucoup plus de choses que je n'en sais moi-même sur cette période précise et pratiquement jamais évoquée par mon père.

— Monsieur Dang, sachez qu'il vous a toujours aimé comme un frère, qu'il ne vous a jamais trahi, et que s'il s'est tu, c'était pour vous éviter de la peine. Ma mère et moi n'avons jamais reçu de sa part la moindre confidence sur son séjour dans votre pays. Il m'a seulement chargé de vous dire combien il a pleuré en cachette de ne plus avoir de vos nouvelles ni celles de votre famille. Malheureusement, je n'ai jamais su exactement l'objet et les raisons de son secret repentir. Mais il faut lui pardonner.

— C'est fait depuis longue date, jeune homme. Le temps m'a permis d'apprendre beaucoup de choses. Je regrette moi aussi de ne pas avoir pris de ses nouvelles. Le lieutenant était quelqu'un de très honorable. Je vais prier pour son âme.

Devant mon étonnement et sans que je l'interroge, il se met alors à parler. Raconte, tel un récit appris par cœur, leur évasion, leurs peurs, leurs angoisses, la maladie qui les a tant retardés durant leur dangereux périple. Combien de fois durant ces trente-cinq années, ont-ils dû l'un et l'autre, ressasser ces évènements, mais aussi leurs rancœurs.

Enfin, j'allais savoir, comprendre peut-être, quand je vis mon interlocuteur prendre sa respiration et me confier :

« Quelques semaines avant la chute de Diên Biên Phu, le Lieutenant Jean Marchand fut capturé par l'armée révolutionnaire. Quel gaillard c'était ! Enrôlé contre mon gré par la résistance Viêt, j'étais alors chargé de la surveillance des prisonniers. Je me suis pris d'amitié pour votre père, admirant son courage, son intelligence et ses valeurs morales. Dès que j'en avais la possibilité, je lui parlais de Sadec, mon village natal qu'il connaissait presque aussi bien que moi. Nous avons fini par sympathiser. Je lui ai raconté comment je fus enrôlé par les révolutionnaires dont je désapprouvais les méthodes. Il ne m'a jamais rien reproché.

Une confiance mutuelle s'instaura entre nous et, tour de force, il réussit même à me convaincre qu'une évasion vers le Cambodge tout proche était encore possible. Pour avoir longtemps travaillé dans cette région et connaissant bien toutes les difficultés, j'ai essayé de le convaincre qu'il s'agissait là d'un projet fou et dangereux. Il ne voulut rien entendre et, fort de son expérience de baroudeur et de militaire aguerri, profitant d'une nuit sans lune, inconscient mais décidé, il m'entraîna dans son évasion.

Au soir du premier jour, après un déferlement d'avions bombardiers, nous aperçûmes un entonnoir de fumée perçant la crête des arbres. Pas de doute, le village dans lequel était installé le camp Viêt que nous venions de quitter brûlait. Le lendemain, la mousson s'annonça, violente, effarante, une pluie torrentielle s'abattant sur la jungle à travers un chaos de pics et de ravins composant la montagne. Nous dûmes affronter un monde de moiteur étouffante d'où montaient les relents putrides d'une eau croupie et stagnante. Pendant des jours, nous avons pataugé dans un sol boueux et gluant, cernés par un voile de vapeur dans lequel le paysage allait jusqu'à se perdre. Durant ces longues semaines, affamés et exténués, nous dûmes nous contenter de baies, de racines, d'insectes et de larves que Jean eut toujours beaucoup de mal à digérer. Si la boue ralentissait notre marche, les torrents d'eau effaçaient par bonheur les empreintes de nos pas. Par crainte d'être dénoncés, nous nous imposions des détours afin d'éviter les villages et les patrouilles disséminés le long de la frontière, nous privant ainsi de la possibilité de nous ravitailler.

À bout de force, quand nous eûmes enfin la conviction de nous être suffisamment éloignés du Viêtnam, nous trouvâmes refuge dans un village Cambodgien où nous fûmes accueillis chaleureusement. Épuisés, fourbus, sales de crasse et de boue, nous sommes tombés dans les bras l'un de l'autre, comme deux frères ayant vaincu l'horreur. Nous étions libres ! Enfin presque ! Le lieutenant fut soudain pris de symptômes propres au paludisme. La fièvre, la toux et les diarrhées lui firent rapidement perdre ses forces. Malgré son courage à vouloir continuer notre hasardeuse évasion, nous fûmes contraints de demander de l'aide. Heureusement, un couple de paysans généreux voulut bien nous héberger et l'unique fille de la maison soigna votre père avec application et beaucoup de dévouement. Je me souviens aussi comment il la faisait rire par ses mimiques et son accent occidental. Il nous fallut patienter encore deux mois avant de constater une amélioration de son état de santé nous permettant de poursuivre notre périple. Jean m'avoua que ce contretemps avait été pour lui un moment merveilleux. À l'entendre parler de la toute jeune fille qui avait tant pris soin de lui, je crois bien qu'il était devenu amoureux fou de cette magnifique Cambodgienne.

Blessés, fatigués, en loques comme peuvent l'être les exilés, nous avons retrouvé notre pays libéré de la présence des forces françaises et sur le point de retrouver son indépendance. Jean, que le paludisme habitait toujours, était dans un état de faiblesse tel, qu'arrivés chez moi, nous l'avons logé et choyé pendant plusieurs semaines avant qu'il ne retrouve quelques forces. Ma femme et moi avons pris soin de lui comme nous l'aurions fait pour un frère. Ma fille, Liên, à peine âgée de seize ans, le soigna et le veilla comme elle l'aurait fait d'une pierre précieuse. Je pense avoir supposé qu'elle était secrètement tombée amoureuse de ce beau et jeune Français. Je n'ai rien vu venir, jamais pensé un instant le Lieutenant capable d'une telle déloyauté, d'autant que j'avais cru comprendre qu'il s'était épris de la fille de nos hôtes cambodgiens et qu'il n'avait qu'une idée en tête, la retrouver au plus vite. C'est en tous les cas ce qu'il m'avait confessé.

C'est ma femme qui m'apprit sa trahison et la grossesse de Liên. Mon chagrin fut immense et ma colère terrible. En plus d'être la risée de tout le fleuve, l'honneur de notre famille était à tout jamais bafoué. Je les ai chassés l'une et l'autre de ma maison, le jour même, et n'ai plus jamais eu de leurs nouvelles. Ni de Jean ni de ma fille. Je le regrette aujourd'hui. »

Son récit terminé, un silence pesant s'abattit dans la pièce, unique témoin de ses confidences. Une larme furtive roula alors sur son visage buriné pour se perdre dans sa longue barbe blanche.

Il en avait trop dit. Ou pas assez. J'osai alors affronter son regard à la fois triste et attendrissant. Il me regardait tout à coup différemment. Je me hasardai alors à lui poser une question qui me titillait depuis un moment.

— Mais alors, seriez-vous le…

— Votre ami ? Oui bien entendu, mais rien d'autre !

Appuyé sur son bâton, il me fit alors habilement comprendre que l'entretien était terminé, qu'il n'en dirait pas davantage et qu'il était inutile que je revienne le voir.

Tout s'embrouille alors dans ma tête. Trop de choses cachées révélées avec brutalité malgré la voix douce de monsieur Dang.

La nuit gagne sur le soleil couchant. Le bac me ramenant à Vinh Long semble désert, à part deux ou trois silhouettes que je distingue à peine. J'essaye pourtant de comprendre. Sans juger. Pourtant, trop de zones d'ombre subsistent dans ma tête malgré le récit précis du vieillard. J'ai l'impression que Dang ne m'a pas tout dit. Soit par ignorance, soit par respect pour son ami décédé. J'étais pourtant venu aussi pour avoir des réponses aux questions auxquelles mon père n'avait pas su ou souhaité me répondre. Monsieur Dang a relaté leur amitié, puis leur éloignement, sans jamais avoir porté le moindre jugement sur celui dont il soupçonna longtemps la trahison.

En me remémorant son récit, j'ai soudain une pensée pour mon père, lui reprochant de ne rien m'avoir dit de précis concernant la mission dont il m'avait chargé, ce qui m'aurait ainsi facilité les choses. Voulait-il que je découvre une vérité qu'il n'avait jamais osé avouer, ni à ma mère ni à moi ? Qu'avais-je réellement à voir dans cette histoire d'hommes ? Mon père serait-il responsable de la grossesse de Liên, comme pourrait le laisser croire le récit de monsieur Dang ? Ce vieillard serait-il mon grand-père ? Serais-je son petit-fils ?

Impossible, maman étant Cambodgienne. Alors, aurais-je un demi-frère ou une demi-sœur caché ? Mais pourquoi ce vieillard s'est-il tu brusquement, me laissant ainsi dans le doute et une inconfortable ignorance ? Que sont devenus Liên et son éventuel enfant ? Malgré ces mystères qui m'encombrent et que j'aurais souhaité élucider, je me sens soudain pris d'une envie pressante de quitter ce pays mystérieux ainsi que ses énigmatiques habitants au plus vite.

Recroquevillé sous la bâche humide du bac me ramenant à l'hôtel, je délire et désespère. Une seule pensée m'habite. Vite retrouver ma mère chérie, seule être capable de me rassurer.

Ce pays qui hier m'était apparu lumineux, est brusquement devenu sombre et gris, chargé de trop de mystères et de malentendus. Chaleur, humidité, rues boueuses me lassent désormais. Que suis-je venu faire ici, sinon y trouver des tourments inutiles ? J'en veux à mon père de ses silences et de m'avoir chargé d'une mission qu'il aurait dû, en son temps, assumer personnellement.

Un souffle chaud sur mon visage, une main frêle secouant délicatement mon épaule. Le fantôme de Liên ? Non ! Une vieille femme vêtue de noire, accroupie devant moi, un doigt barrant ses lèvres fines. Chut, écoute, me dit-elle :

— Te voyant sortir de chez Dang, je t'ai reconnu. Tu ressembles tant à monsieur Jean que tu ne peux qu'être son fils. Ce vieillard aigri ne t'a certainement pas tout raconté. Malgré les dires de Dang, Jean ne fut pas accueilli avec joie par Tho, le frère aîné de Liên. Il surveillait jalousement sa sœur et détestait ton père. Après avoir été chassée, la pauvre petite s'est confiée à moi. Cette jolie jeune fille aimait passionnément Jean, comme on peut aimer à seize ans. Elle savait pourtant son cœur déjà pris par une autre, mais qu'importe, elle l'aimait trop pour le laisser à cette étrangère inconnue. Avec ses mots d'adolescente, elle m'avoua qu'une nuit, où ses parents et son frère l'avaient laissée seule, elle avait profité de l'occasion pour retrouver Jean dans son lit.

— Savez-vous ce qu'elle est devenue ?

— Dans la clandestinité, Liên mit au monde une petite Loan, sans jamais savoir si cette petite fille était de Jean ou de son frère Tho lequel, chaque nuit, venait la retrouver dans sa couche depuis l'âge de douze ans. Si son père avait eu connaissance de ces rapports incestueux envers sa sœur, je crois qu'il l'aurait massacré. Fier et entêté, monsieur Dang refusa d'écouter sa fille et de la croire, sans même permettre à Jean de s'expliquer.

Par amitié, par respect pour cette jeune fille peut-être enceinte par sa faute, ton père reconnut alors Loan comme sa fille, paya l'orphelinat, même après la disparition brutale de Liên. À ce jour, personne ne sait ce qu'elle est devenue. Morte, emportée par le fleuve, putain à Hô Chi Minh-Ville ? Plus aucune nouvelle non plus de l'enfant. Elle aurait aujourd'hui presque ton âge. L'amour, le vrai, attendait Jean au Cambodge. Une jeune fille dont il s'était épris lors de son évasion. Elle l'avait soigné, veillé, aimé. Liên était au courant. Ton père ne lui avait rien caché. Elle savait qu'il devait la retrouver au Cambodge. Qu'ils s'écrivaient et s'aimaient. Sérieusement. Malgré ce qu'il s'est peut-être passé, je continue de penser que ton père était quelqu'un de bien !

Comme un fantôme, celle qui restera pour moi, l'inconnue du bac, profita alors d'un nuage venu cacher la lune pour disparaître à tout jamais.

Mon père, monsieur Dang, Liên, Tho, Loan et maintenant cette vieille femme encombrent inutilement mon esprit, ajoutant encore plus de flou à mes incertitudes. Je ne veux plus rien savoir. Que l'on me fiche la paix avec toutes ces énigmes !

Mes bagages sont prêts. Dans une heure, je serai à l'aéroport. Le doux visage de ma mère m'apparaît soudain. Je la devine s'agiter devant son fourneau, mince comme une liane, sa longue natte lui balayant les reins. Elle rit. Elle rit d'ailleurs sans cesse.

De mon père, je ne sais que peu de choses. Son engagement à dix-huit ans pour l'Indochine. Ses longs mois de captivité dans des caches humides. Son évasion pour le Cambodge avant de retrouver la Cochinchine, et enfin son retour en France. Je l'ai toujours senti profondément brisé, anéanti, usé, tant physiquement que moralement. Au contraire de ma mère, il ne riait plus, n'éprouvait nulle joie, nulle colère. Cette guerre l'avait détruit. Le secret de cette adoption assumée avec panache, et dont il ne s'était jamais affranchi, devait certainement faire l'objet d'un permanent tourment.

Le hall d'hôtel grouille de bruits et de monde. Des odeurs d'opium, de soie et de transpiration. Il fait chaud, moite. Dans le brouhaha, j'entends pourtant mon nom venant de la réception :

« Un télégramme pour monsieur Jean-Claude Marchand ! »

Un télégramme. De Paris. Nerveux, gorge nouée par la crainte d'une mauvaise nouvelle, je déchiquette plutôt que je n'ouvre ce « petit bleu » provisoirement mystérieux. Message surprenant, doux comme le miel. C'est maman :

« Jean-Claude chéri, reviens vite. Une prodigieuse surprise t'attend. Je brûle d'impatience de tout te confesser. Elle est adorable, unique, belle comme un phénix. Elle se prénomme Loan et semble pressée de faire ta connaissance.

Ta maman qui t'aime »

Délivré d'une angoisse folle, je renais. Comme un enfant délivré de ses liens, je cours, je chantonne. Je suis tout simplement heureux. J'ai moi aussi tant de belles choses à leur apprendre !

Un soir, sur la plage…

Ses bras me suppliaient, s'ouvraient. Immaculés, ses cheveux blonds flottaient au vent, emmêlés d'algues vertes.

Il fait encore très chaud en cette soirée de fin juin. Pourtant, et contrairement aux autres jours, la plage et sa promenade se trouvent désertées. Le match de coupe du monde de football, Angleterre-Suède a fait rentrer plus tôt que d'habitude les estivants préférant leur télévision à la douceur d'un soir d'été pourtant paré de couleurs éclatantes.

Je les imagine tous, ces footeux de salon, avachis dans leur fauteuil, les yeux rivés sur le tube cathodique, un verre de bière bien fraîche à portée de main. Moi-même fais aussi partie de ces amateurs qui, pour rien au monde, ne manqueraient un match de foot même si l'équipe de France se trouve déjà éliminée.

Des cris, des acclamations, le commentateur manque à plusieurs reprises de s'étrangler dans ses commentaires passionnés quand il annonce que les « rouges » anglais viennent d'ouvrir le score et pris l'avantage sur l'équipe de Suède revêtue de son habit de lumière d'un jaune lumineux.

Pourtant, le véritable spectacle, celui que la nature offre généreusement à qui veut bien lui apporter un peu d'attention, se trouve bel et bien en direction de l'horizon et de l'immense scène que propose l'océan. Sur cet écran géant et incomparable, le duel que se livrent le soleil et le ciel est d'une tout autre envergure que le match bien triste auquel je ne prête plus trop attention. Le firmament majestueux, tout habillé de rouge, avale avec lenteur et gourmandise un soleil pâlissant à vue d'œil. En quelques secondes, comme chaque soir, l'astre enfile sa tenue de nuit avant de disparaître derrière un halo pourpre. Le ciel, maintenant écarlate, déteint à son tour sur la mer, laquelle, pour lui plaire, a de bonne grâce accepté d'endosser elle aussi des habits similaires. C'est à cette heure de la soirée, lorsque la nuit n'est pas encore tout à fait venue, quand le jour se retire sur la pointe des pieds, que le bord de mer devient subitement magique et mystérieux.

Installé confortablement dans mon fauteuil, je jette un œil distrait sur ce match sans saveur, espérant seulement que l'ogre rouge se fasse manger par les amateurs suédois. J'ai toujours tendance à protéger et soutenir les plus faibles. Un « oh ! » de désappointement à l'accent suédois me ramène brièvement au match que les Anglais sont sur le point de gagner à coup sûr.

Quelques sportifs, équipés de leurs rollers, restent eux aussi indifférents à la beauté du soir profitant du trottoir déserté par les promeneurs qu'ils transforment aussitôt en une parfaite piste d'entraînement.

Une portière qui claque dans le silence du boulevard attire mon attention. Un fourgon blanc vient de s'arrêter juste devant ma fenêtre me privant, au moment même où le soleil se noie dans l'océan, du spectacle grandiose ne ressemblant jamais à celui de la veille. Ne pouvait-il donc se garer un peu plus loin ? Cela me rappelle mon enfance quand, au cinéma, un adulte s'asseyait devant moi, m'obligeant à d'étonnantes contorsions si je voulais voir le film !

Le conducteur ne tarde pas à descendre du véhicule et, après avoir brièvement regardé à gauche, puis à droite, verrouille soigneusement sa portière. Vu les précautions prises, il doit certainement transporter un trésor ! D'un pas saccadé, portable collé à l'oreille, accessoire devenu aujourd'hui indispensable, il arpente le trottoir de long en large, sans même jeter le moindre regard à la bataille que se livrent soleil et océan. Ses gesticulations, son air bougon, révèlent un différend certain avec son interlocuteur.

D'un geste coléreux, il met fin à la conversation et, tout en maugréant, enfouit au fond de sa poche le téléphone objet de son tourment. Puis, mettant fin à son énervement, se rapproche du fourgon. Curieux, j'aperçois alors une jeune fille restée sagement assise sur le siège passager regardant avec envie le sable blanc et la mer l'invitant au bain et à profiter de la douceur de son eau.

Avec une lenteur probablement calculée, le jeune homme ouvre la porte-arrière du fourgon et installe, avec des gestes appris par cœur, deux planches afin de fabriquer un plan incliné propice à un déchargement quelconque.

Intrigué, je le vois réapparaître après quelques minutes, poussant devant lui, avec d'infinies précautions, un fauteuil roulant sur lequel est installée la jeune fille. Sa jeunesse, son visage rayonnant de beauté sont si évidents, qu'ils font oublier son apparente infirmité. De longs cheveux d'or couvrant ses frêles épaules brillent de mille feux dans le crépuscule maintenant installé. Son ami, son mari peut-être, a pris soin de lui couvrir les jambes d'un plaid de soie de la même couleur que celle du ciel. Vêtue d'un corsage blanc qui lui sied à merveille, elle rayonne et sourit. Tout, ce soir, est en harmonie, le firmament, la mer, même les bipèdes qui se disputent le ballon à mille lieues d'ici.

Difficile de ne pas ressentir un sentiment de compassion mêlé d'injustice à la vue de cette femme aussi jeune, presque encore une enfant, privée apparemment de l'usage de ses jambes. Son compagnon, sourire aux lèvres, éprouve moult difficultés à pousser le fauteuil sur le sable sec et meuble. Au prix de mille efforts, il trouve enfin un terrain un peu plus compact en s'approchant de l'océan. Reprenant son souffle, il profite de ce court arrêt pour étreindre longuement celle dont il prend tant soin. Ces deux-là semblent s'aimer très fort !

Prostré devant son fauteuil, il lui tient tendrement les mains comme s'il s'agissait d'une déesse, les porte à ses lèvres pour un long baiser tendre et délicat. C'est sa reine, son amour. Ils se tiennent par les yeux, craignant l'un et l'autre de se perdre pour toujours, alors que le ciel bienveillant semble veiller sur eux.

Avec des gestes apaisés, elle se débarrasse alors de son corsage qu'elle jette négligemment sur le sable, laissant apparaître un haut de maillot de bain d'un rouge aussi éclatant que le firmament. Sa peau blanche n'a apparemment pas encore subi les assauts du soleil. Avec toujours autant de peine, le jeune homme continue à pousser le fauteuil qui doucement s'enfonce dans l'océan. Quand le niveau de l'eau arrive à la hauteur de sa taille, le jeune homme lui retire avec mille précautions le plaid dissimulant une apparente infirmité. Regard fixé sur l'horizon, elle semble implorer Dieu de lui rendre son autonomie. Inexorablement, comme elle le fait deux fois par jour, la mer s'approche de la côte, prête à engloutir le fauteuil et sa passagère. J'observe avec frayeur cette scène insolite, décidé à leur crier mes craintes. C'est alors que se dessine sur son visage d'ange, une expression de bonheur infini. Ils jouent, se jettent des poignées d'eau, rient et gesticulent avec un plaisir fou. Comme s'il voulait lui jouer une bonne blague, le garçon continue à pousser le fauteuil avec une énergie rare. Bizarrement, les quelques mouettes qui se laissaient bercer sur les vaguelettes roses et blanches s'envolent soudain, affolées par ce curieux attelage. La jeune femme a maintenant de l'eau jusqu'au cou.

Oubliant complètement le match, toujours aussi attentif à la scène qui se déroule devant mes yeux, je m'inquiète de leur audace, me demandant quelles peuvent bien être les intentions du jeune homme. L'imprudent va finir par la noyer ! Puis, d'un coup, par une pirouette dont elle a apparemment le secret, la jeune femme s'échappe promptement de sa prison, un gloussement de bonheur accompagnant ses premières brasses. Libérée, elle nage maintenant autour du fauteuil devenu une épave superflue, le narguant quelque peu de son inutilité, plonge, disparaît avant de réapparaît tout aussi vite. Par gestes, elle invite son compagnon à la rejoindre et à profiter d'un océan accueillant. Sagement, sans forcément se presser, le galant retourne déposer le fauteuil sur la plage avant de rejoindre son amoureuse.

Avec passion, leurs bouches se retrouvent pour un long baiser salé juste avant qu'elle n'exécute, sous mes yeux étonnés, un époustouflant ballet aquatique. Malgré son handicap, la jeune fille est incontestablement bien meilleure nageuse que son compagnon. En trois ou quatre mouvements, à la seule force de ses bras, elle le distance de façon irrémédiable. Quelle championne ! Il se dégage de cette jeune femme volontaire une force incroyable et une grâce presque surnaturelle.

En quelques minutes, elle a déjà gagné les bouées signalant la zone des trois cents mètres. Va-t-elle enfin s'arrêter ? Son ami, soudain inquiet, lui fait alors de grands signes, l'invitant à rejoindre le rivage, mais celle-ci semble négliger délibérément ses appels et, l'ignorant, se dirige en direction de la bouée de la « pointe du Cornard » que l'on distingue à peine. Mangée par la nuit sombre, elle disparaît mystérieusement. Seules la lune et les étoiles peuvent maintenant l'apercevoir, l'admirer et peut-être, sait-on jamais, la protéger. Même avec mes jumelles, je n'arrive plus à distinguer la championne qui semble vouloir renoncer définitivement à rejoindre la terre ferme. Peut-être essaye-t-elle de gagner le rivage de l'île d'Aix qui, pour des novices, paraît toujours bien plus près qu'on ne le pense ? Son attitude me semble néanmoins bien présomptueuse et très imprudente de sa part.

Étonnamment, son compagnon paraît s'être fait une raison. Dans une brasse approximative qui aurait bien fait rire la championne, il regagne la plage, se retourne une dernière fois vers celle qui vient de l'abandonner sans raison apparente.

À bout de force, désespéré, le jeune homme s'affale sur le fauteuil inoccupé et irrémédiablement vide. Prostré, comme un homme qui ne comprend pas pourquoi la femme qu'il aime s'est ainsi enfuie, il reste là, de longues minutes, scrutant un horizon dépeuplé. Soudain, au loin, un nuage de lucioles brillantes apparaît dans la nuit noire. À n'en pas douter, elles accompagnent la nageuse dans son fol exploit. Pourtant, son éventuelle prouesse m'inquiète. C'est un peu présomptueux, surtout pour une infirme, de vouloir rejoindre l'île distante de plusieurs kilomètres, même si elle possède d'avérés talents de nageuse.

Impossible pour moi d'assister à cette folie sans intervenir. Avant de demander le secours des pompiers, je me précipite sur la plage à la rencontre du jeune homme et lui propose aimablement d'appeler les secours ?

— Inutile, me répond-il, apaisé. Il ne faut pas vous tracasser pour elle, c'est une nageuse hors pair ! Il lui arrive parfois de nager plusieurs jours d'affilée. Mais elle revient toujours.

Quoi qu'il en dise, sa réponse me semble surprenante et friser l'inconscience. Je le trouve néanmoins bien triste et soucieux. Me tournant ostensiblement le dos, nonchalamment, il pousse avec mollesse le fauteuil vide jusqu'à son fourgon et, après un dernier regard désespéré sur l'océan, démarre et quitte ce lieu qu'il avait pourtant cru promis au bonheur. Le spectacle est maintenant terminé. La nuit noire et mystérieuse a définitivement gagné son combat contre le jour. Les Anglais ont remporté leur match. Il n'y a plus rien à voir !

Le matin suivant, comme chaque jour à marée basse, je file d'un pas alerte relever mon filet tendu à un kilomètre de la côte, juste en face de chez moi. La mer s'est poliment retirée, me laissant aimablement le passage. Sur la ligne brumeuse de l'horizon, la pointe du Chay, les îles d'Aix, de Ré et d'Oléron avancent leurs tentacules dans un océan légèrement agité par une brise terrestre ô combien bienfaitrice.

Le soleil levant inonde de lumière et illumine « Fort Boyard » laissant croire qu'il s'est rapproché dans la nuit par magie. Probablement un « coup » du « Père Fouras ». Si les couchers de soleil sont ici merveilleux, les levers sont également un spectacle à ne pas manquer ; mais l'été, ce privilège n'est réservé qu'à ceux qui se lèvent tôt.

D'un pas décidé, j'avance néanmoins avec mille précautions parmi les rochers et les trous d'eau, prenant garde aux bans d'huîtres coupants comme des rasoirs. Comme chaque jour, je suis impatient de découvrir ce que mon filet aura bien voulu retenir dans ses mailles cruelles. Bien souvent, je n'y trouve que du varech, quand ce ne sont pas des pierres ou des coquilles vides, des déchets de tout genre, voire aussi des méduses.

Les algues sont nombreuses ce matin. Les bouteilles et les sacs plastiques également. Consciencieusement, j'en remplis mon panier. La mer est parfois une véritable poubelle.

« Tiens ! Un chiffon rouge mêlé à quelques brindilles s'est laissé prendre dans les mailles de mon piège à poissons. Serait-ce un morceau de ciel d'hier soir ou un maillot rouge jeté là par un supporter excité et heureux de la victoire britannique ? »

Avec mille précautions, je retire ce bout d'étoffe quand, soudain, je reconnais un haut de maillot de bain, semblable à celui que portait la jeune handicapée. L'inquiétude grandissant, je continue mon inspection, espérant bien n'y trouver rien d'autre que des poissons.

Machinalement, gagné par l'appréhension, je me presse afin d'arriver à l'autre extrémité. Comme souvent, je suis encore bredouille ! Seulement quelques algues et trois bouteilles plastiques se sont fait prendre dans ses mailles. Rassuré malgré tout, je refais néanmoins le chemin inverse vérifiant une dernière fois qu'il ne retient rien de suspect.

Dès le soir venu, je ne manque pas le spectacle quotidien du coucher de soleil tout en pensant très fort à cette jolie jeune fille, peut-être disparue pour toujours. Exactement à la même heure que la veille, le fourgon blanc s'arrête à nouveau devant ma fenêtre. Le même jeune homme en descend, installe deux planches à l'arrière du véhicule et sort, cette fois, le fauteuil vide. Avec précipitation, il le pousse sur le sable jusqu'au bord de l'eau et s'assied tranquillement avec, dans le regard, une foi inébranlable et cette certitude propre aux amoureux que son amie va réapparaître.

Il scrute l'horizon qui, ce soir, n'a pas voulu prendre ses habits de lumière, de gros nuages menaçants encombrent le ciel presque dans sa totalité. La mer paraît pourtant ne pas l'inquiéter quand elle vient, sereine, lécher doucement les roues de son fauteuil sur lequel il attend patiemment.

Intrigué et toujours aussi curieux, je suis pris d'une folle envie de questionner le malheureux, son attitude et cette disparition me semblant mystérieuses.

— Excusez-moi jeune homme, avez-vous des nouvelles de cette jeune fille que j'ai vue hier soir nager en direction de l'île d'Aix ? Que s'est-il donc passé ?

Gêné par mon intervention, le jeune homme ne répond pas à ma question. Après quelques secondes, il ose enfin affronter mon regard. Ses yeux brillants de larmes m'émeuvent. Je comprends toute sa tristesse, son désespoir et son chagrin. C'est alors qu'il consent à me conter cette stupéfiante histoire.

« J'ai rencontré, au début de cet été, un être merveilleux se baignant à quelques brasses de moi qui soudain me sourit, m'invitant à le rejoindre. Sa beauté, la tendresse de son regard candide eurent raison de ma timidité. Ce fut pour moi un véritable coup de foudre. Mon cœur se mit à battre très fort et ressentis aussitôt comme un malaise et des difficultés à respirer, mes jambes me soutenant à peine. Je ne pouvais décemment pas laisser passer l'occasion de faire connaissance avec cette jeune fille qui me tendait les bras. L'eau et les vagues me portaient, me rapprochant presque sans efforts de cette beauté sortie du fond de l'océan. De peur qu'elle ne s'éloigne, je l'abordai avec précaution. Jusqu'à présent, aucune fille ne m'avait prêté autant d'attention, et là, comme dans un rêve, c'est bien à moi qu'elle souriait. J'allais probablement me réveiller !

M'approchant de plus près, du bout des doigts, j'osai toucher délicatement ses cheveux d'or afin de m'assurer qu'elle était bien vivante. Elle continua à me sourire, découvrant deux rangées de perles d'une blancheur éclatante. À cet instant précis, j'ai cru que je pouvais lui plaire. Elle riait sans cesse en nageant autour de moi, comme si j'étais une bête curieuse. Les regards langoureux qui m'étaient destinés m'encouragèrent à lui adresser la parole. Je me souviens avoir parlé de la pluie et du beau temps comme le jeune homme emprunté et timoré que je suis. Prenant de l'assurance, je proposai de lui offrir un verre à la terrasse du casino, mais elle refusa poliment. J'osai alors l'inviter à s'étendre près de moi sur le sable chaud, mais elle ne voulut pas. Devant mon insistance et afin de justifier ses refus, elle plongea aussitôt en riant dans la vague blanche et, comme un dauphin joueur, jaillit hors de l'eau découvrant son corps en entier. Bouche ouverte, médusé, je découvris ses jambes soudées l'une à l'autre évoquant un être mythologique ou plus exactement une sirène. Je n'en crus pas mes yeux. J'ai tourné la tête, faisant semblant de n'avoir rien vu. Elle était si belle, que malgré ma surprise, mon béguin pour elle n'en fut pas altéré. Je l'ai immédiatement aimée, d'une façon irraisonnée, comme un enfant crédule à qui l'on raconte une légende dont les héroïnes sont souvent des fées. On s'est juré de se revoir tous les jours. Ce que l'on fit jusqu'à hier soir.

Lors de notre deuxième rencontre, je lui proposai une promenade en voiture. J'avais tout prévu, la camionnette, le fauteuil, le plaid. Surtout le plaid. Ainsi, personne ne remarquerait ce que j'avais pris pour une malformation ! Pour mon plus grand bonheur, elle accepta l'invitation. À chaque étape de notre voyage d'amour sur la côte charentaise, grâce au fauteuil que je m'étais empressé de louer, je la transportais jusqu'à la plage afin qu'elle puisse retrouver son indispensable élément, la mer douce et salée. Puis, hier soir, après m'avoir déclaré son amour, elle est partie sans rien me dire, pour probablement rejoindre son monde sous-marin.

J'ai juré que je viendrais l'attendre chaque soir, sur toutes les plages où nous sommes allés, heureux et confiant, certain qu'un jour nous nous retrouverons. »

Ému par son récit, incapable de lui répondre, je quittai le jeune homme, me demandant s'il ne délirait pas. Cette histoire me semblait si belle, que je ne doutai pas un instant, moi aussi, de la réapparition probable de cette merveilleuse créature.

Désormais, chaque soir, en contemplant le coucher du soleil, j'ai une pensée pour la jolie sirène et, crédule, me surprends moi aussi à guetter son retour.

Le bonheur, c'est un sourire, un rayon de soleil, un parfum... des petites choses accumulées rendant le quotidien plus agréable et l'existence plus légère.

Un pas à côté du sien

Le tissu de l'amour, c'est de la soie. Il ne se laisse pas si facilement recoudre. Il glisse des doigts. L'instant d'après, il n'est plus là !

Irène Frain

Sportive, championne de natation, Sandrine a toujours été animée par une étonnante rage de vaincre jusqu'à surprendre Vincent, son entraîneur et amant, ainsi que tous ses camarades de club. Mais depuis quelque temps, son corps ne répond plus. Habituellement d'une vitalité débordante, la jeune femme voit ses forces progressivement l'abandonner. Pourtant, quel bonheur le jour où elle annonça sa grossesse à Vincent ! Hélas, joie de courte durée ! Elle savait, malgré cette nouvelle qu'elle pensait merveilleuse, devoir renoncer à ses projets sportifs, mais surtout ruiner l'espoir et les ambitions de son entraîneur qui la voyait déjà, dans quatre mois, championne de France du 400 mètres nage libre. Adieu aussi les qualifications pour l'Europe de l'hiver prochain. D'emblée, sans entendre ses légitimes arguments, Vincent refusa cette grossesse, conscient des conséquences que cela allait engendrer dans sa propre famille et le déroulement de la carrière de Sandrine

Les cheveux légèrement grisonnants, séducteur, marié et père de deux beaux garçons, Vincent vivait confortablement auprès d'une jeune femme de quinze ans sa cadette n'ignorant rien de ses infidélités mais qui cependant lui restait fidèle et très amoureuse. Cela n'avait cependant pas empêché Vincent de séduire Sandrine, la toute nouvelle recrue du club. Aussi, lorsqu'elle lui annonça être enceinte, il entra dans une inconcevable colère.

— T'es inconsciente ou quoi ? J'espère que tu ne vas pas le garder ! En avortant dès maintenant tu pourras, après quelques semaines de repos, reprendre rapidement les entraînements et espérer participer aux compétitions de cet hiver.

Déçue, amère, la jeune femme se fit sourde à son argumentation. « Je suis bien incapable d'avorter pour une simple et utopique médaille », pensa-t-elle aussitôt.

— Tu te trompes Vincent. Rien ni personne ne me fera changer d'avis et je mènerai cette maternité à son terme.

— Tu n'as pas le droit de gâcher une carrière qui s'annonce si brillante !

Pendant des jours, se faisant convaincant, son amant l'implora, allant même jusqu'à la menacer.

— Tu m'as trahi en faisant cet enfant sans mon consentement ! Pense à ma situation familiale et à ma réputation !

C'en fut trop pour Sandrine. Aussi, laissa-t-elle partir sans regret celui qu'elle avait cru aimer et qui aujourd'hui se dérobait et se comportait en lâche. Voir son ventre s'arrondir et porter un enfant la remplissait cependant d'une joie immense, certaine que cette maternité était devenue vitale pour elle. Trop de gens meurent à la guerre ou par accident pour ne pas respecter la vie.

Elle pensait alors à son frère mort en Algérie. Il venait d'avoir vingt ans.

Après les premières semaines de grossesse souvent difficiles à supporter, son état ne semblait pourtant pas s'améliorer, ses forces la quittant chaque jour davantage. Ses amies ne la reconnaissaient plus, la distançaient même après seulement une longueur de bassin.

Bien qu'elle n'ait pas perdu l'appétit, la balance confirmait ses angoisses. Elle maigrissait à vue d'œil ! La jeune femme confia son désarroi au docteur Martin, médecin du club qui, tout en regrettant égoïstement son choix d'abandonner ses ambitions de championne, la conforta dans l'idée de mener à bien son projet de maternité.

— Tu n'en seras que plus forte après ! lui dit-il. Je te conseille de consulter Annie, une fameuse gynécologue et ancienne du club.

C'était bien son intention.

Annie Forestier, l'allure décidée, belle comme on l'est à la quarantaine tout juste entamée, la reçut sans tarder. Après avoir soigneusement palpé ses seins parfaitement dessinés, elle ébaucha une petite moue qui terrorisa Sandrine.

— Avez-vous déjà subi une mammographie mademoiselle ?

« Mammographie ? De quoi me parle-t-elle ? C'est bon pour les femmes ayant passé la cinquantaine ! Mais pas à vingt-trois ans ! » pensa-t-elle étonnée.

— Non docteur.

— C'est pourtant la première chose que nous allons faire ! À la palpation, j'ai décelé un petit nodule à votre sein gauche. Un scanner nous rassurera certainement. Nous nous reverrons dès que nous aurons les résultats. Mais ne vous inquiétez pas, ce genre de lésion reste souvent bénin.

Comme ces femmes pendant la guerre craignant l'arrivée des gendarmes porteurs de mauvaises nouvelles, voire l'annonce de la mort d'un frère ou d'un époux, Sandrine appréhendait le verdict de l'examen tout en sachant que jamais elle n'abdiquerait à mener sa grossesse à terme. Consciente du combat qui l'attendait, elle ressentait en même temps un indicible besoin de donner la vie. « Ce sera un garçon. Je l'appellerai Jacques, comme mon frangin tué au combat. »

Tout d'abord rassurante, la gynécologue ne lui cacha ni la vérité ni la cruelle décision que sa cliente allait devoir prendre.

— Cancer du sein, lâcha-t-elle d'un coup, les yeux fixés sur le compte-rendu du scanner. Mais je suis optimiste, la tumeur est si petite, qu'après quelques séances de radiothérapie il n'en restera rien.

— Mon enfant supportera-t-il ce traitement ?

— Je crains que non ! Aussi, afin d'être certaines de gagner cette bataille, il est indispensable que nous envisagions l'avortement avant que nous déclarions la guerre à cette foutue tumeur.

La blancheur des murs du cabinet médical sembla soudain déteindre sur le visage émacié de Sandrine. Inerte, laminée par cette terrible annonce, elle resta néanmoins résolue à poursuivre sa maternité.

Après avoir noyé ses grands yeux clairs, les larmes vinrent se perdre le long de ses joues creuses. La gorge serrée par l'émotion, elle se tut, incapable de réagir devant cette terrible et inconcevable perspective. Elle sentit cependant la haine la gagner, haine contre ce mal et la guerre qu'elle allait devoir mener.

C'est alors qu'Annie lui adressa un sourire pour conjurer une peur néanmoins partagée.

— Courage ! Après votre guérison, rien ne vous empêchera d'envisager à nouveau une grossesse et pourquoi pas la compétition.

« Résiste ! Rebelle-toi ! lui soufflait une voix intérieure. Il est possible de vaincre la maladie, ou tout du moins de la faire patienter jusqu'à l'accouchement. N'écoute pas ceux qui conseillent de te rendre. Bats-toi et tu vaincras. »

Sans oser se l'avouer, Sandrine doutait néanmoins.

« J'ai peur ! Peur de mal faire ! Peur aussi de devoir abandonner mon enfant à un étranger si jamais je perdais la bataille après l'avoir mis au monde. »

La spécialiste comprit vite que sa patiente resterait sourde à son conseil et devina combien Sandrine était déterminée. Cette dernière avait déjà décidé. Il n'y aurait ni chimio ni rayons. Inutile d'insister ! Elle mènerait ce combat seule s'il le fallait, mais avec détermination.

— Attendre, comme vous le souhaitez, c'est prendre un risque énorme. Promettez-moi alors qu'après l'accouchement, nous attaquerons aussitôt le traitement.

C'est à une rude bataille à laquelle se préparaient les deux femmes. Tout en contrôlant le fichu nodule, elles menèrent un combat dans l'ombre, comme les résistants cachés dans les forêts du Vercors à la rencontre d'un adversaire pourtant mieux armé et beaucoup plus fort qu'eux. Chaque prise de sang les confortait dans l'idée que l'ennemi attendait son heure pour agir. Pour l'instant, c'était le statu quo. La maternité semblait en effet contenir l'évolution de la tumeur et les résultats d'analyses étaient rassurants. Son fœtus serait-il parvenu à broyer, dans sa minuscule menotte, ces cellules malignes venues lui rendre visite ? Auraient-ils signé un armistice secret ?

Chaque fois que Sandrine se rendait à la piscine, Vincent désespérait de voir son magnifique corps déformé par une grossesse qui ne s'imposait pas. Insoumise ! Elle le restait et le revendiquait, refusant tous les conseils de son entourage l'incitant à oublier l'idée même de devenir maman.

Annie prit soin d'elle comme une mère, la dorlotant, la réconfortant quand le moral était au plus bas. Sandrine devinait, en se regardant dans le miroir, que les grossesses étaient des instants que le corps et l'esprit scellaient dans la mémoire des femmes. Aussi, se plia-t-elle avec grâce aux conseils et aux exigences de son amie médecin : s'allonger, apprendre à respirer paisiblement, commencer à écouter son corps comme seules savent le faire les futures mamans. Annie lui expliqua aussi comment aller à la rencontre de son fœtus, à le deviner, à le suivre avec son âme et apprendre à le connaître.

« J'ai de longues conversations avec mon bébé, avouait Sandrine à ses amies venues l'encourager. Bien entendu, c'est moi qui parle le plus ! Nous sommes liés, sans cesse en contact, le matin, le midi, le soir, n'importe quand, sans jamais avoir pourtant l'impression de nous déranger mutuellement. »

La jeune femme attendait patiemment qu'advienne, pour elle et au-delà d'elle, une œuvre de la chair, une vie supplémentaire venue emplir la sienne, un pas à côté du sien, un souffle d'enfant, un sourire, un regard. Une merveille ! C'est à lui seul que dorénavant elle se consacrerait.

Avec Annie, qui maintenant passait chaque nuit auprès d'elle, Sandrine se sentit en confiance, réconfortée quand il le fallait, acceptant avec un plaisir fou toutes les intentions bienveillantes que son amie lui témoignait alors qu'approchait l'échéance et la venue de sa petite fille. C'est ce que lui avait assuré Annie.

Auprès d'elle, la future maman trouvait soutien, amour et réconfort, tout ce que Vincent n'aurait jamais pu lui apporter.

C'est dans la joie et un bonheur immense que Clara vit le jour un 5 juillet, sous le signe astral du Cancer. Un pied de nez au monde ou à la maladie ?

Le cancérologue ne laissa qu'un court répit à la jeune femme avant d'entamer la radiothérapie. La bataille fut longue, douloureuse, épuisante. Après chaque séance de rayons, la jeune maman était dans l'incapacité de s'occuper de son enfant. C'est alors Annie, sachant que les joies de la maternité lui étaient interdites, qui prenait le relais et assumait, avec jubilation, ce rôle gratifiant mais provisoire de mère.

Sans jamais avouer à quiconque les souffrances d'un corps qui semblait vouloir s'éteindre, Sandrine fut prise entre une tristesse sans fond et une frayeur permanente, ses angoisses lui faisant un mal de chien ! Parfois plus que son traitement. Il fallait qu'elle bouge afin de se convaincre d'être encore vivante. Allongée, elle aurait eu le sentiment d'être déjà morte.

Après de longs mois, devinant enfin ses forces revenir, elle sentit son corps renaître petit à petit, au point même d'envisager reprendre ses entraînements. Culpabilisant, avec compassion mais aussi avec beaucoup de regret, Vincent l'observait discrètement. Il avait pourtant du mal à reconnaître son corps amaigri, les efforts surhumains qu'elle accomplissait pour faire seulement deux longueurs de bassin. Mais le style était toujours aussi délié, aussi technique, prometteur.

C'est à la sortie de la piscine que Vincent osa un jour l'aborder. Contrariée par sa présence, Sandrine ne chercha cependant pas à l'éviter.

— J’ai appris pour ton cancer. Excuse-moi de m’être comporté comme un lâche. C’est toi qui avais raison ! Aussi, si tu le veux bien, je suis prêt à reconnaître notre enfant.

— Notre enfant ? Mais Clara n’est pas ta fille !

— …

— Elle a maintenant deux mamans qui l’aiment et cela lui suffit amplement !

Juju le romantique

L'amour est un art éphémère et léger.

Carol Martinez

Pour rentrer chez moi, je n'ai pas trop le choix. C'est le « TER » ou le « STOP ». J'ai choisi ce dernier, c'est gratos et plus rapide. Sorti de l'hôpital, je prends soin de me tenir près du pont Jean Moulin. C'est là que j'ai le plus de chance de voir s'arrêter une voiture. Il fait chaud et lourd en cet après-midi de fin juillet. Le ciel a soudain pris des couleurs de deuil et le tonnerre gronde au-dessus de l'île de Ré. Malgré, ou grâce à l'intense circulation, je n'attends pas cinq minutes avant de voir ralentir une superbe décapotable d'un rouge éclatant. Après m'avoir adressé un signe encourageant, la conductrice stoppe au feu. Je cours, fonce comme un dératé, craignant qu'il ne passe trop rapidement au vert. La porte côté passager m'accueille à bras ouverts.

— Où vas-tu jeune homme ?

— À Angoulins, m'dame !

— Monte !

Absorbée par la circulation, la conductrice semble tout d'abord m'ignorer. Par contre, je l'observe attentivement et la détaille presque effrontément : jeune, magnifique, mais peu bavarde. Vingt, trente ans ? J'ai toujours beaucoup de mal à donner un âge aux jeunes femmes. Surtout lorsqu'elles sont aussi belles. Ses longues boucles blondes volent au vent, découvrant ainsi des oreilles parfaitement dessinées sur lesquelles brillent deux petits diamants. Des lunettes de soleil très foncées m'empêchent cependant de voir la couleur de ses yeux. Je les soupçonne bleus, clairs comme ses cheveux et son chemisier au large décolleté. Arrivés sur la nationale menant à Rochefort, elle m'adresse enfin la parole.

— Quel âge as-tu jeune homme ?

— Quatorze ans l'année prochaine, m'dame.

— Mais que fais-tu seul à La Rochelle ?

— J'viens d'rendre visite à ma mère à l'hôpital. Elle a attrapé l'appendice et maintenant elle fait de l'affection.

— De l'infection plutôt. Cela fait longtemps qu'elle a été opérée ?

— Quinze jours !

Nouveau silence.

C'est la première fois que je monte dans une décapotable et, béat, ressens une incroyable sensation de bien-être dans cette voiture sans toit permettant au vent d'été de me caresser délicatement le visage. Rien à voir avec la guimbarde poussive du laitier !

Et soudain, l'orage éclate, méchant comme un tremblement de terre, même s'il menaçait depuis déjà un moment. Ma conductrice a juste le temps de relever la capote qu'aussitôt les nuages déversent leur trop-plein d'eau. Zébré d'éclairs, le ciel s'obscurcit rendant la circulation difficile. D'une voix douce comme du miel, presque maternelle, je l'entends me demander où j'habite.

— Arrêtez-moi à l'entrée du bourg, j'ferai l'reste du ch'min à pied.

— Sous cette pluie ? Tu n'y penses pas.

— C'est pas elle qui m'inquiète, mais j'crains que l'tonnerre n'affole mes vaches. Un jour d'orage de mer, rien à voir avec celui de terre, elles ont forcé la clôture. J'les ai r'trouvées tout en haut d'la falaise meuglant de frayeur et prêtes à se j'ter dans l'océan.

— Ah bon ! Et quelle différence fais-tu entre ces deux orages ?

— Celui d'mer dure moins longtemps, mais est souvent plus violent. Enfin, c'est « Crochet » qui dit ça, l'ancien marin qu'a perdu une main sur son rafiot un jour d'orage. J'habite la pointe du Chai, le p'tit chemin juste en d'sous des blockhaus.

Je me surprends à lui raconter ma vie de fils unique marquée par l'absence d'un père inconnu, du courage de ma mère, de sa maladie et de mon goût pour le dressage. Elle m'écoute apparemment avec beaucoup d'attention, riant parfois sans pourtant jamais me moquer.

La pluie s'arrête enfin, laissant place à un violent coup de vent venu nettoyer le ciel et permettant ainsi au soleil de faire une timide réapparition. Inquiètes, Marguerite et Sylvie (ce sont mes deux vaches) m'attendent à la barrière. Heureux, mon chien accourt en aboyant de joie. Je le calme en quatre mots : « Chut ! Salue plutôt mon invitée, Toby ! » Obéissant, il s'assied, présente sa patte droite à la jeune femme subjuguée en lui jappant bonjour en langage chien.

— Il est formidable dis-donc ! Et poli !

— Vous savez, il est capable de beaucoup d'autres choses, parfois même encore plus compliquées. Par exemple, à mon coup d'sifflet, il sait pousser ou tirer l'portail coulissant pour libérer ou renfermer Marguerite et Sylvie. Ça m'évite de faire le ch'min.

— Tes vaches ont de jolis prénoms, c'est toi qui les as baptisées ?

— Oui ! Marguerite comme ma grand-mère si douce mais hélas décédée et Sylvie, pas toujours commode, comme ma maîtresse d'école qui rouspète sans arrêt après moi.

— Tu vis seul ici ?

— Oui, mais juste pour quelques jours, l'temps qu'maman s'rétablisse.

De peur qu'elle ne reparte un peu trop vite, je lui propose un verre de lait bien frais. Une fraction de seconde, je la crois capable de refuser. Son petit signe de tête me rassure aussitôt. Entrant dans l'unique pièce du rez-de-chaussée, elle prend soin de retirer ses lunettes. (Au fait, elle a bien les yeux bleu clair.)

— Comment te débrouilles-tu sans ta maman ?

— Ben, l'matin à 7 heures, avant d'aller à l'école et l'soir en rentrant, j'trais les deux vaches. Ensuite, j'filtre, j'mets le lait dans l'bidon que j'dépose en bas du ch'min pour le laitier. Habituellement, maman fait aussi des fromages qu'elle vend au marché. Moi, j'sais pas faire !

— Mais moi je sais ! Veux-tu que je t'apprenne ?

— Ben oui. Ça s'rait super !

Je n'aime pas rester enfermé à la maison, mais pour lui plaire, je lui mens effrontément. Je ferais n'importe quoi pour la retenir encore, lui dire combien sa compagnie m'est agréable. Mais je n'ose pas. Elle est trop grande et trop belle pour moi.

— Au fait, on commence quand pour les fromages ?

— D'main, si vous voulez m'dame !

— Je ne t'ai même pas demandé ton prénom !

— Juju, pour Julien !

— Alors à demain 18 heures Juju. Tu sais, je travaille à l'hôpital. Si tu veux me donner le numéro de chambre de ta maman, je lui ferai part de ma rencontre avec mon nouvel apprenti.

Ma nuit est merveilleuse. Je rêve d'elle, de nos projets professionnels, de l'école que je vais quitter peut-être avant l'heure. Mes jambes et mon menton sont encore lisses de poils, mais je me sens déjà presque ado. J'imagine me pavanant à ses côtés dans son superbe cabriolet, narguant mes copains étonnés de me voir en si charmante compagnie. Ils vont en prendre un coup au moral ! Surtout ma copine Julie, cette jolie petite peste qui me considère encore comme un gamin.

Juste après la traite et avoir astiqué les moules et les faisselles en terre cuite venant de chez mémé, je cours jusqu'à la coopérative faire le plein de présure et de ferments, mettant à plus tard ma visite à l'hôpital. Trop peur de louper mon rendez-vous avec… au fait, je ne lui ai même pas demandé son prénom !

Ma fée arrive à l'heure prévue, vêtue d'un polo bleu et d'un jean déchiré aux genoux. C'est la mode, paraît-il. Toujours aussi belle et souriante dans sa tenue décontractée. Une fée quoi ! Lorsqu'elle m'embrasse sur le front, je respire à pleins poumons les fragrances de son parfum. Sublime. Enivrant ! Je sens aussitôt mes joues s'empourprer et mon cœur s'emballer.

Apercevant les faisselles et les moules rutilants et parfaitement alignés sur la table, elle me félicite tout en passant avec délicatesse ses longs doigts dans mes cheveux embroussaillés. J'adore, souhaitant que son câlin se prolonge éternellement et suivi, pourquoi pas, d'un furtif baiser dont j'ignore encore le goût mais qui ne viendra hélas pas.

Comme le fait maman, elle verse les ferments dans le bidon, délicatement afin de ne pas brutaliser le lait, évitant ainsi la destruction des graisses, sinon le fromage risque de ne pas avoir de pâte homogène m'explique-t-elle. Appuyé contre la table, je l'observe discrètement, le regard fixé sur sa poitrine oscillant à chacun de ses mouvements. Ah, si j'avais seulement quelques années de plus…

— Terminé pour ce soir Juju, demain, nous verserons le caillé dans les faisselles et répéterons la même opération. Au fait, j'ai vu ta maman. Elle va beaucoup mieux. C'est un de mes amis qui la soigne. Il m'a promis de prendre soin d'elle. Veux-tu que je passe te chercher vers neuf heures demain ? Tu pourras ainsi rester la matinée auprès d'elle. Ensuite, je t'inviterai à déjeuner sur le vieux port. Je connais un chouette et bon restaurant. Ça te dit ? Étant libre l'après-midi, nous rentrerons ensuite faire nos fromages.

Le programme est plaisant, surprenant, bien qu'inattendu. Me pavaner à côté d'elle dans sa superbe auto, aller pour la première fois de ma vie au restaurant, sur le vieux port en plus, que rêver de plus merveilleux !

Fatigué mais heureux, il est près de vingt-deux heures lorsque je regagne ma chambre. Quelle n'est pas ma surprise en trouvant étalés sur mon lit, un jean tout neuf à ma taille et un super sweet en coton de la même couleur ainsi qu'une enveloppe à mon nom. Surpris, j'hésite un court instant. Une lettre de ma fée ? Je me prends à rêver. Ne lui serais-je donc pas indifférent ? Mon cœur s'affole. J'imagine des choses impossibles, peut-être même inavouables. Son écriture lui ressemble. Soignée, point de pattes de mouche comme le font souvent les adultes rendant la plupart du temps leurs messages illisibles. Non. Chaque lettre est correctement formée, sans fioriture, mais élégamment posée sur un papier parfumé laissant deviner l'odeur de son corps.

« Cher Juju.

J'ai passé une excellente journée en ta compagnie. Encore quelques jours et tu seras capable de faire seul les fromages. Ton apprentissage terminé, ta maman revenue guérie à la maison, je te promets de venir souvent vous rendre visite. Tu ne m'as d'ailleurs pas encore présenté toute ta ménagerie !

Ne cherche pas à devenir trop vite adulte. Profite de ta jeunesse. C'est ce qu'il existe de plus précieux. Dans le frigo, je t'ai préparé une petite surprise. Je connais ton goût pour la glace au chocolat ! Je t'embrasse.

Ton amie, Alice »

J'aurais souhaité… Quoi ? Une déclaration ? Sentir les prémices d'un sentiment ressemblant à l'amour ? Une toute petite place dans son cœur que je soupçonne énorme ? Pauvre Juju ! Arrête de rêver ! Cette jolie femme pourrait être ta mère !

Déçu par son message d'adieu, je perçois une larme mourir sur ma joue. Une larme de joie, de bonheur, pour la glace et les vêtements, pour son savoir et sa douceur, pour la guérison de ma mère, pour m'avoir offert une amitié qui m'était jusqu'alors inconnue. Mais je l'avoue, surtout par la crainte de ne plus jamais la revoir.

À mon tour, je lui prépare un petit message. Je m'applique, consulte le Larousse de mémé plusieurs fois, forme mes lettres avec amour, essayant de ne pas faire de taches, recommence dix fois, effaçant les « je t'aime » trop osés et certainement inconvenants, jamais sûr des mots employés, ni de leur orthographe, encore moins de leur sens exact. Je me sens pourtant presque poète. Juste pour lui plaire et lui témoigner ma profonde affection.

« Chère Alice,
Merci pour ce merveilleux conte de fées.
Je n'ai jamais été aussi chouchouté.
Maman, Toby, Marguerite et Sylvie,
Vous saluent et vous remercient.
Je n'oublierai jamais vos doigts dans mes cheveux,
Ce fut tout simplement un moment délicieux.

Juju »

Dans mon rêve, je l'ai vue tomber dans une mare donnant sur un joli jardin. J'ai, pour grandir et la sauver, mais aussi pour lui plaire, avalé une potion magique et suis venu à son secours. Alice m'a alors donné un long baiser et avoué son amour. J'ai dû beaucoup lui plaire. Je suis le plus heureux de la terre !

Le jour à peine levé, Toby se manifeste et me réveille en sursaut, mettant fin à mon si délicieux rêve.

Bourrique de chien !

L’escalade

Ne fais jamais d’une personne une priorité lorsque, pour elle, tu n’es qu’une option.

Maya Angelo

Bien que dangereuse et redoutée, l’invitation de Nad n’en est pas moins flatteuse. La suivre dans son projet un peu fou, demeure néanmoins hasardeux et inquiète son ami Jules. Pris au piège, et malgré toutes ses craintes et ses appréhensions, ce dernier n’ose pourtant pas refuser sa proposition.

— Tu sais, nous serons accompagnés de Manu, le meilleur des moniteurs d’escalade de la région. J’ai déjà fait plusieurs sorties avec lui. Rien à craindre, c’est un vrai pro, toujours très attentif et prudent. Nous avons sympathisé et il est devenu un véritable pote. Rassemble toutes tes forces et ton courage Jules. Tu vas voir, ça va être merveilleux ! lui dit-elle pour l’encourager.

La quarantaine assumée, son ami de toujours ne se plaint jamais d’un célibat qu’il n’a pas forcément souhaité malgré son physique agréable et son éternelle bonne humeur. Nad, elle aussi seule mais pas encore vieille fille, vit une vie de jeune femme libre et passionnée. Sans jamais avoir osé lui avouer ses sentiments, Jules reste secrètement amoureux de cette belle trentenaire. Ils se connaissent depuis leur prime enfance et de sérieux liens d'amitié les unissent encore.

Adolescents, ils ont flirté et échangé leurs premiers baisers sans pour autant faire connaissance avec les parties intimes de leur corps. Adultes, ils sont restés des amis proches. Sportive, Nad s'adonne aussi bien à la marche qu'au tennis, à la natation et récemment à l'escalade. Jules, beaucoup plus casanier, se passionne pour la lecture et la photographie. Il a d'ailleurs fait un superbe portrait d'elle lorsqu'il l'avait surprise en tenue de bain lors d'une séance de bronzage dans son jardin. Par correction, il avait bien entendu sollicité son autorisation et gardé précieusement cette photo dans son portefeuille, comme on le fait d'une relique.

Fait-il preuve de timidité ou attend-il patiemment un signe de sa part pour se déclarer ? Malgré ses craintes, il a accepté avec jubilation sa proposition d'escalade, ne serait-ce que pour lui montrer le plaisir qu'il a de partager une journée entière avec elle et lui prouver sa bonne forme physique même si un certain Manu doit les accompagner.

Afin de gagner du temps, ils se donnent rendez-vous à l'auberge des « Trois Pics » située au pied d'une dent granitique choisie par leur guide. Une fois Manu arrivé, et avoir préparé leurs équipements pour l'escalade du lendemain, ils se souhaitent bonne nuit. Jules, enfoui dans son lit confortable, s'efforce de ne pas entendre le chuchotement de voix provenant de la chambre contiguë à la sienne ni les craquements du lit chassant désespérément de son esprit les images que cela lui suggère. Il en est chagriné et déçu. Jaloux aussi. Ainsi, Nad est devenue la maîtresse de ce vieux beau de Manu ? Alors, pourquoi lui avoir proposé cette sortie, à lui, le néophyte, futur et encombrant compagnon de cordée ? Toute la journée, il ressassera sa déception et sa rancœur.

Malgré une nuit sans sommeil pour Jules et agitée pour Nad et son amant d'un soir, tous les trois se mettent en route avant le lever du soleil. Après une heure de marche assez facile, ils parviennent au pied d'une paroi rocheuse se dressant à pic au milieu de la forêt bosselée donnant l'impression d'avoir été malmenée par une pluie de météorites. Les yeux écarquillés, Nad et Jules restent plantés plusieurs minutes devant ce fabuleux paysage. Comme pour l'apprivoiser, d'un geste lent, la jeune femme caresse la falaise qui se dresse devant eux comme on le ferait à quelqu'un que l'on respecte.

Manu, qui l'a déjà escaladée à plusieurs reprises, tente de rassurer Jules en lui certifiant que ce n'est pas aussi difficile qu'il peut le croire, sans toutefois qu'il parvienne à le convaincre. Néanmoins, sans lui répondre, singeant ses accompagnateurs, l'apprenti escaladeur se débarrasse de son sac à dos et s'assied sur une grosse pierre pour échanger ses chaussures de marche contre celles d'escalade que lui a tendues Nad. Avec son aide, il enfile son harnais de sécurité et fixe à sa taille un petit sac de magnésie dont il doit, lui a-t-elle recommandé, s'enduire le plus souvent possible les mains pour une meilleure adhérence à la roche. Elle lui rappelle aussi quelques consignes de prudence : toujours s'assurer de la solidité de ses prises, ne jamais enlever le mousqueton, écouter ses directives et surtout vaincre ses peurs. Ce qui est loin le rassurer.

Manu, premier de cordée, se retourne souvent pour observer Jules arrivant en dernière position, celui-ci confirmant effectivement qu'il est bien un véritable néophyte en la matière. Cependant, le corps bien droit, il monte plus avec force qu'avec agilité, les mains pile à hauteur des épaules comme son amie le lui a conseillé.

Après deux heures d'escalade, la température devenant insupportable, ils s'arrêtent sur une corniche et se découvrent légèrement, sans tenir compte du fond de l'air déjà beaucoup plus vif. Ils se désaltèrent en buvant quelques gorgées d'une eau devenue tiède.

— Écoutez ce silence ! C'est stupéfiant non ? fait remarquer Manu à Jules qui ferme les yeux de façon à ne pas voir le vide s'étalant à ses pieds.

Les cheveux bruns aux reflets dorés noués en queue de cheval, Nad porte un short et un débardeur orange laissant apparaître des épaules et un dos à la peau bronzée, couleur pain d'épices, lisse et sans défaut. Avec application, elle s'enduit régulièrement les bras et les épaules d'écran solaire en prenant soin de ne pas souiller les bretelles couleur crème de son soutien-gorge. Prévenante, elle met son ami en garde concernant un passage délicat qui les attend dans la prochaine cheminée. Jules, dont les yeux ne parviennent pas à quitter son corps si parfait, réussit néanmoins à détacher son regard du renflement de ses seins en se tournant pour contempler la forêt s'étendant loin sur l'horizon. Reprenant leur escalade, Ils grimpent sans trop de difficultés, laissant sur leur droite un imposant surplomb bien trop difficile pour un débutant. Jules, silencieux, se demande alors ce qu'il est venu faire dans cette galère.

La montagne se révèle d'un coup moins risquée, leur parcours tenant maintenant davantage de la randonnée que de l'escalade, tout en restant cependant sécurisés par un solide cordage. Avec beaucoup de difficultés pour le néophyte, ils montent en direction d'un éboulis de rochers et découvrent avec surprise un paysage presque lunaire. Au loin, les rapaces les observent en lançant leurs cris aigus que leur renvoie la montagne.

La dernière partie de l'escalade est subitement plus ardue. À un endroit, Nad assure mal sa prise et glisse. Des pierres s'éboulent sous elle sans atteindre heureusement Jules plaqué et abrité par un léger surplomb. Elle lâche un petit cri. Manu s'arcboute et hurle « attention ! ». La corde se tend brusquement et Jules lève alors les yeux pour voir son amie se balancer un instant au-dessus de son visage épouvanté et inquiet. Nad, n'ayant dérapé que sur un ou deux mètres, retrouve aussi vite une prise. Tous trois gardent le silence jusqu'à ce que s'éteigne la dernière résonance des pierres dévalant l'abîme.

— Excusez-moi les garçons ! dit-elle avec, dans la voix, le moindre soupçon de frayeur.

— Ça va ? s'inquiète Manu.

— Oui, oui ! même pas eu peur, ose affirmer la jeune femme.

— Et toi le bleu, comment te sens-tu ?

Toujours appuyé contre la paroi, transpirant de trouille et conscient d'avoir échappé à une pluie de cailloux, Jules tremble de tous ses membres. Prisonnier de ses appréhensions, honteux de se montrer aussi poltron, il sent venir les larmes.

— Très mal. Je renonce. Terminé ! Finissez le parcours sans moi. Vous me reprendrez à la redescente.

— Il n'en est pas question. Allons, un peu de courage et de volonté merde !

— Impossible. La peur me paralyse. C'est un exercice bien trop difficile pour moi. Je crains d'être un poids mort qui risque de vous entraîner dans la chute.

— En ma qualité de guide, je n'ai pas le droit de te laisser seul. Tu n'as rien à redouter. Nous allons t'assurer de telle façon que tu n'auras même plus besoin de faire d'efforts. Allez ! On y va !

— J'ai défait mon mousqueton et n'ai même plus la force de le remettre. Allez sans moi !

— Crétin ! Il ne faut jamais faire ça. Assure-toi immédiatement !

Après s'être consultés, Nad, n'étant qu'à deux mètres de son ami, se charge d'aller à son secours. En quelques mouvements agiles, assurée par Manu, elle rejoint Jules pratiquement liquéfié. Avec des gestes tendres, elle s'approche tout contre lui, essuie ses yeux larmoyants, lui caresse le visage et l'embrasse sur le front tout en lui proférant des paroles de réconfort.

— Je comprends tes peurs et je m'en veux de t'avoir entraîné dans cette galère que je reconnais bien trop difficile pour un débutant. Ce que tu as déjà accompli est surprenant et très fort, c'est ce que me confiait Manu tout à l'heure. La prochaine sortie que nous ferons tous les deux sera, je te le promets, beaucoup plus agréable. Nous nous contenterons d'une randonnée sur les chemins certes escarpés de la vallée de la « Fontaine salée », mais ne comportant nulle ascension et aucun danger.

— L'escalade est un sport qui ne me convient pas. Je n'éprouve aucune satisfaction à contenir mes craintes qui m'empêchent de profiter d'un panorama certainement fabuleux. En plus, je ne comprends rien à votre charabia : bombé, clipper, mule, penduler et je ne sais quoi encore.

— Ce sont des termes techniques que je t'apprendrai si tu le désire. Pour le moment, fais-moi confiance et écoute bien mes conseils. Ça va le faire !

Le prenant dans ses bras, elle l'étreint d'une façon telle que Jules se retrouve aussitôt presque ragaillardi. À son tour, il lui embrasse les cheveux, sentant au passage la douce chaleur et le parfum envoûtant de son corps. Si ce n'était l'impatience manifestée par leur guide, Il serait bien resté encore longtemps pelotonné dans ces bras féminins forts et si doux à la fois.

— Alors, qu'est-ce que vous foutez, crie Manu impatient. Faut y aller maintenant. Faites chier ! Vous vous bécoterez plus tard.

— Parle pas comme ça Manu, dis-moi plutôt pourquoi avoir pris cette variante aussi difficile, intervient Nad sur un ton de reproche.

— Pour voir si ton copain avait des c…

— Connard ! Excuse-moi, se reprend-elle aussitôt, mais ce n'est pas très amical de ta part, tu vois bien qu'il est à la rue et au taquet ! J'estime qu'il s'en est même bien tiré pour un débutant. Tu ferais mieux de le féliciter au lieu de l'engueuler !

Abasourdi, Jules ne sait plus quoi penser. Pour quelle raison Nad prend-elle sa défense avec autant de fougue ? Se serait-il trompé sur ses sentiments à son égard ? Cherche-t-elle à aiguiser la jalousie dont semble faire preuve Manu ?

Rassuré, Jules lève des yeux reconnaissants sur son amie sans pourtant rien ajouter. Tous les trois reprennent l'ascension du rocher, comme si de rien n'était. Arrivé tout en haut, le guide se baisse et saisit fermement le poignet de Nad pour la hisser sur la roche. Elle se détache aussitôt, laissant à Manu le soin d'aider Jules à terminer l'escalade dont la blancheur et la trouille se lisent sur son visage. Comme lui, Nad a le souffle court et la peau luisante de sueur, ce qui la rend encore plus belle. L'apprenti escaladeur, s'arrêtant un instant pour se reposer et se remettre de ses émotions, épie la jeune femme accroupie observant la forêt. Sentant alors le regard de son ami se poser sur elle, Nad se redresse et le fixe à son tour. Le soleil brille derrière sa jolie frimousse et Jules doit plisser les yeux pour distinguer son visage et admirer la finesse de son corps se détachant sur le vide et le ciel d'un bleu aussi remarquable que celui de ses yeux.

C'est alors que Manu s'approche d'eux, rompant cruellement ces si délicieux instants.

— Alors ? Vous êtes remis de vos émotions tous les deux ?

— Merci de m'avoir aidé tout à l'heure, lui répond poliment Jules.

— C'est ton avocate qu'il faut remercier, Tu grimpes pas mal, mais arrête de faire la mule !

— Que veux-tu dire par là ?

— Dans notre langage, on appelle la mule celui qui fait plus appel à la force de ses bras qu'à la précision de ses placements de pieds ou de mains ou à la technique. Tes gros biscoteaux ne feront jamais de toi un grimpeur émérite.

En voyant le guide crâner sur un rocher dominant la vallée, lui vient alors des idées de meurtre.

D'en haut, bien qu'entourés de cimes élevées, les trois acrobates ont l'impression que le monde entier s'étend à leurs pieds. Le moniteur demande alors à Jules de prendre quelques photos avant de s'installer pour manger le reste de sandwiches ainsi que des pommes, des noix et une tablette de chocolat à moitié fondue. Tel un prestidigitateur, Jules, le sourire enfin revenu, sort une gourde de vin rouge et trois gobelets pliants cachés dans son sac à dos.

D'une main encore vacillante, il remplit les trois verres :

— À votre santé et merci pour la balade. Vous avez définitivement réussi à me convaincre que je n'étais pas doué pour ce genre d'exercice. J'ai eu la frousse de ma vie. J'espère que pour le retour nous prendrons une variante beaucoup plus facile.

— Dommage, car tu connais déjà quelques mots propres aux escaladeurs. « Variante » fait effectivement partie de ceux se rapportant à notre sport.

Nad, souriante, presque aguichante, s'approche lentement de Jules et pose avec délicatesse sa tête contre la sienne. Attiré par ses épaules dénudées et sa poitrine palpitante, il sent alors son corps se tasser, son cœur s'emballer avant d'ébaucher un geste en sa direction. Le visage ruisselant, les jambes tremblantes, il avance la main pour la toucher sans prendre garde où il met les pieds. Il a juste le temps d'entendre la voix de Manu lui crier : attention !

Surpris, il veut se retourner mais chute dans le vide, volant en imitant les milans avant de se fracasser au pied de la rotonde.

***

Jules sent soudain une main le secouer et, complètement perdu, reconnaît le visage de sa mère :

— Eh bien Jules, reste avec nous ! Ça fait deux minutes qu'on t'observe ton père et moi et ça nous a bien inquiétés de te voir grimacer, le front emperlé de sueur en te tenant à la table comme si tu faisais des efforts surhumains. Tu avais l'air anxieux et songeur à la fois. À quoi rêvais-tu donc ?

— J'étais en train de penser qu'il fallait que je monte sur le toit changer cette foutue tuile fêlée. J'ai toujours autant le vertige dès que je vois le vide.

— C'est vrai que toi et l'escalade ça fait deux !

— J'étais presque arrivé au but quand j'ai senti l'échelle se dérober sous mes pieds. Quel cauchemar ! Au fait, avant de monter sur le toit, je vous informe que ce soir je dois rejoindre Nad et un guide célèbre pour une première sortie en montagne. Histoire de m'entraîner !

Coup de vague

Quant à l'amour, l'amour romanesque, je savais dans ma jeunesse que ce n'était qu'une illusion. Jamais je ne l'avais vu durable, mais souvent fatal.

Georges Gordon

Il aura fallu l'invitation surprise de l'oncle Henri pour qu'enfin je renoue avec l'océan et mes souvenirs d'enfant. Dans son courrier, il me promet des balades en mer, des pêches miraculeuses. « Te souviens-tu, quand tu étais gamin, ce que l'on a pu rire et trembler dans mon petit bateau en relevant les nasses et les casiers. Nous nous languissons de toi, Jean. Fais plaisir à ton vieil oncle et à ta tante, viens vite nous rendre visite, nous aurons tant de souvenirs à évoquer. »

J'ai toujours aimé la compagnie de mon oncle. Petit, souriant, un brin blagueur, un cœur aussi grand que peut l'être son addiction pour la pêche, il amuse sans cesse la galerie qui parfois en a grand besoin.

Cela fait effectivement trop longtemps que je n'ai pas remis les pieds à Capbreton ni goûté aux joies de la mer et de la pêche, moi, « l'gars de ch'nord », comme aime encore m'appeler l'oncle Henri, alors que j'habite Angers. Pour lui, toute ville se trouvant au-dessus de Bordeaux ne peut être que dans le nord.

Sa proposition me comble de plaisir et j'ai, ce soir, du mal à m'endormir. Le temps ayant effacé mes chagrins, je me décide enfin à répondre favorablement à son invitation. Je me souviens d'une jolie maison située tout près de l'église Saint-Nicolas où je passais, avec mes parents aujourd'hui disparus, de fabuleuses vacances d'été. Les deux frères se retrouvaient toujours avec beaucoup de plaisir et s'accordaient chaque jour une sortie en mer grâce à la petite embarcation baptisée pompeusement « l'Embellie ». Ils n'acceptèrent ma présence que lorsque j'eus douze ans. C'était la règle. Leur règle. Pendant quinze jours, nous mangions essentiellement du poisson, sauf bizarrement le vendredi. « Juste pour emmerder les curés ! » s'esclaffait l'oncle Henri. Denise, son épouse, le rabrouait, le traitant de mécréant.

Dans ces images du passé livrées soudain à ma mémoire, la figure d'Ingrid, jolie Suédoise à l'adorable tignasse d'or, m'apparaît soudain. Nous fîmes connaissance sur les planches de « l'estacade », l'incontournable jetée en bois qui s'avance avec audace dans l'océan, promenade favorite des touristes venus admirer les fabuleux couchers du soleil aquitain et parfois même l'insaisissable « rayon vert ».

Sous son magnifique et transparent paréo noué autour de la taille, je devinai de suite ses formes gracieuses et son maillot de bain fleuri. Nos regards candides ne se croisèrent pas tout à fait par hasard, juste avant de se fixer pendant une longue seconde. D'un geste amical accompagné d'un sourire que je garde encore en mémoire, elle me fit signe d'approcher. « Excusez-moi monsieur, pouvez-vous me prendre en photo au moment où l'astre solaire viendra juste embrasser la mer ? » C'était joliment dit. Après m'avoir expliqué le fonctionnement de son appareil, elle retourna s'asseoir sur le banc. Sa pose décontractée, son charme indéfinissable me firent aussitôt chavirer. De peur de lui apparaître comme un piètre photographe, j'effectuai plusieurs prises, dont une zoomée au moment même où le soleil illuminait son remarquable visage. « La dernière sera pour moi ! » osai-je lui réclamer. « Avec plaisir. J'irai dès demain faire développer ma pellicule, après vous avoir photographié à mon tour. » Pour la singer, je pris la même pose qu'elle, les jambes reposant sur le dossier du banc, ce qui la fit bien rire.

Âgée d'environ seize ans, pratiquement aussi grande que moi, sportive et décidée, elle me confia pratiquer le surf sur la plage de Capbreton, mais également celle d'Hossegor. Qu'elle aimait également nager, courir, rire. Beaucoup ! Sa sublime beauté m'impressionnait. Attentif, je l'aurais écoutée pendant des heures me vanter, dans un français presque parfait et teinté d'un accent qui m'amusa beaucoup, les charmes méconnus de son pays nordique.

Quand la lune vient flirter avec le soleil, les amants n'ont plus peur de s'enlacer ni de s'embrasser.

Aussi, quand vint l'heure de nous quitter, je fus tout surpris lorsqu'elle se pencha pour m'offrir un baiser. Sur la joue ! Elle m'invita pour le lendemain matin à une démonstration de surf, sport m'ayant toujours rebuté.

Son corps parfaitement moulé dans une combinaison néoprène fluorescente m'apparut encore plus parfait que sous son paréo, étonné par la grâce avec laquelle elle surfait sur les déferlantes coiffées d'écume blanche. Impossible de la quitter des yeux. Infatigable, comme une sirène, elle était magnifique quand elle glissait sur la vague argentée. Même si parfois elle disparaissait pour mieux réapparaître. Alors mon cœur d'adolescent s'affolait, craignant de la voir s'évanouir pour toujours. Sur l'instant, il me sembla déjà l'aimer.

Désirant que je puisse l'imiter, elle essaya gentiment de me convaincre. Sans vouloir paraître poltron, je lui avouai ne pas savoir nager, l'eau n'étant pas mon élément préféré. Elle n'insista pas, me proposant alors une balade autour du lac d'Hossegor pour la fin d'après-midi.

Habituellement casanier, mes parents s'étonnèrent de me voir m'absenter de plus en plus souvent. Mon père, soupçonnant une idylle quelconque, se moqua. L'oncle Henri, croyant venir à mon secours, assura à haute voix qu'à bientôt dix-huit ans, il était plus que temps que je me dégourdisse. « C'est vrai qu'à cette période estivale, la plage est habitée par de très jolies filles capables de te déniaiser ! N'est-ce pas mon Jean ?

— Oui, lui répondis-je tout en devinant mon visage s'empourprer. Je vais même apprendre le suédois avec une très jolie professeure.

— Je sais que tu as toujours excellé dans les langues étrangères et reconnais bien là ton sérieux et ton humour mon n'veu, ricana Henri d'un ton malicieux.

— Garde pour toi tes allusions salaces tonton ! » lui répliquai-je vexé.

Je n'appris bien entendu pas le suédois, mais en compagnie d'Ingrid, découvris avec plaisir les prémices de l'amour. En nous écartant dans les broussailles, un peu à l'écart du chemin longeant le lac d'Hossegor, sans même nous concerter, nous nous sommes machinalement allongés dans les herbes séchées par le soleil. C'est elle qui, la première, prit l'initiative de se pencher sur moi. Son souffle caressa mon visage, puis enfin mes lèvres. Je respirai son odeur subtile et fraîche avec gourmandise. Nos baisers furent tendres, doux, comme ceux que s'échangent des adolescents qui s'aiment. Et forts, comme le sont parfois leurs colères.

Le jour pointait à peine lorsque mon oncle me tira du lit.

« Debout fainéant ! Il est l'heure ! Un petit jus et on part ! »

En remontant à faible allure la passe du Boucarot, nous profitâmes avec bonheur du soleil levant venu nous réchauffer le dos. La journée s'annonçait merveilleuse. Nous longeâmes l'estacade sur environ deux cents mètres avant de gagner l'océan. Bercé par le ronronnement du moteur, les yeux rivés sur les sillons d'écume blanche produits par le remous de l'hélice, m'apparut tout à coup l'image d'Ingrid dans sa combinaison moulante. Inévitablement, plusieurs années après, je pensais encore à cette merveilleuse jeune fille. L'Embellie sortie des eaux paisibles du chenal, Henri accéléra brutalement, ce qui me détacha aussitôt de mes songes.

— Alors ! On rêve, Jean ?

— Tu as failli me foutre à l'eau. Je crois qu'il serait plus prudent que j'enfile mon gilet de sauvetage !

— Qu'as-tu décidé ? À bâbord, on longe la côte de Capbreton, à tribord, celle d'Hossegor.

— À tribord, toute !

Sous l'effet d'une nouvelle accélération, « l'Embellie » sortit de l'eau comme l'aurait fait un dauphin. Je préférai me réfugier dans la cabine, évitant ainsi le vent et les embruns. Par moment, la vague brisait juste un peu avant la proue, éclaboussant mon oncle et poussant le bateau légèrement de travers. Loin d'être rassuré, je jetai un regard angoissé sur Henri riant aux éclats. Puis, satisfait de ses exploits, il coupa net le moteur, laissant glisser le bateau encore un moment sur son erre avant qu'il ne s'immobilise.

— Aide-moi à jeter l'ancre, nous allons casser une petite croûte.

Bercé par les doux clapotis de l'eau, le regard fixé sur la côte et le petit bois derrière lequel je devinai le lac, j'imaginai à nouveau Ingrid allongée sous le grand pin devenu notre repaire secret, prête à m'accueillir avec son sourire d'ange. Je me jetais alors sur elle tout en prenant mille précautions. Nous nous embrassions chastement ne sachant, ni l'un ni l'autre, comment nous avouer notre amour ni juguler nos envies. Depuis quelques jours, je la sentais pourtant s'enhardir, me réclamer des caresses que je présumais jusque-là interdites. Devinant ses désirs, surpris aussi par mon audace, j'osai un jour dégrafer son corsage sans qu'elle y trouve à redire. Ses petits seins laiteux semblèrent se raffermir à chaque effleurement, à chaque fois que ma bouche prétendait s'emparer d'eux. Tout en m'affranchissant définitivement de ma timidité, je laissai ma main glisser jusque sur son bas-ventre. Mais elle arrêta net mon geste, me soufflant à l'oreille. « Embrasse-moi, caresse-moi, partout, sauf à cet endroit. S'il te plaît Jean ! » Décontenancé, gêné, je renonçai à mes câlins trop osés. Muet, la gorge nouée, le cœur touché coulé, je compris néanmoins sa réticence que je me refusai de prendre pour de la pudibonderie. Elle était peut-être encore trop jeune pour perdre sa virginité avec un inconnu. Je regrettai aussitôt mon geste inconvenant et prématuré, lui souris et embrassai affectueusement son front humide et patiné. « Excuse mon audace, je te demande pardon. »

— T'as pas faim mon n'veu ? Faut manger ! Après, on va relever nos casiers si ce soir tu veux déguster crevettes et crabes.

— Pardon ?

— C'est pas que tu penses encore à ta Suédoise ?

— Ça m'arrive parfois. De moins en moins souvent cependant.

— Hum ! Gamin, tu mentais mieux que ça !

Lorsque mon oncle aperçut les flotteurs rouge et blanc onduler à la surface de l'eau, il me cria : « À toi de jouer le timonier ! Doucement… Oui… c'est bien ! Approche un peu plus près sans toutefois trop dériver, le temps que je remonte les casiers ! »

Je caressais la barre du gouvernail comme je l'aurais fait du corps d'Ingrid, avec des gestes lents, tremblotants mais précis. La pêche fut presque miraculeuse. Plus d'un kilo de bouquets et quatre gros tourteaux. « Je me demande comment ils ont pu s'introduire dans les nasses tellement ils sont beaux » s'émerveilla Henri.

Je ne l'écoutais déjà plus, pris par mes pensées impossibles à chasser. Après plusieurs années, je revis, comme si c'était hier, tous les détails de cette fabuleuse matinée passée auprès d'Ingrid. Elle s'était faite douce et aimante au point de m'étourdir. Par contre, la soirée fut un affreux cauchemar. Invités à une sauterie organisée par le club de surf, nous nous étions promis de nous retrouver vers vingt heures sur la plage. Je m'en faisais une joie. La tenir dans mes bras, sentir sa joue contre la mienne, son corps frissonner lors d'un slow langoureux ; je ne rêvais plus qu'à ça.

Pour la première fois, j'arrivai par malheur en retard à notre rendez-vous. La faute à l'oncle Henri. Je lui en ai longtemps voulu, le rendant injustement responsable de tous mes chagrins. Parti seul relever ses nasses, il prétexta être tombé en panne de moteur à deux miles de la côte. Par bonheur, un pêcheur l'aperçut dans sa dérive et le remorqua jusqu'au port. Le temps qu'il nous raconte sa mésaventure, il était déjà vingt et une heures lorsque nous nous mîmes à table. J'enrageais de l'entendre nous expliquer son odyssée avec d'inutiles détails capables de me faire louper mon rancard. Me privant volontairement de dessert, impatient de retrouver mon amie, bafouillant quelque excuse, je quittai brusquement la table. « Ne t'attarde pas trop Jean, tu sais que demain nous partons de bonne heure pour la pêche », me rappela mon oncle.

Il faisait encore presque jour et très doux malgré un vent de mer venant subitement de se lever. Un vent chaud et brûlant de fin août. Comme le ciel, l'océan s'était assombri, laissant à peine deviner le halo d'un soleil prêt à plonger dans l'immensité de ses eaux devenues soudain ténébreuses. D'épais nuages menaçants cavalaient en direction du rivage.

Craignant qu'Ingrid ne commence la fête sans moi, désemparé je lui envoyai des messages désespérés que je confiai au vent. « J'arrive, attends-moi ! » Fera-t-elle preuve de suffisamment de patience ? Angoissé, je l'imaginai dans les bras forts et musclés d'un de ces garçons que j'apercevais souvent pavaner sur la plage. Moi, le gringalet, l'apprenti boulanger au corps aussi blanc que la farine, je ne pouvais lutter contre ces éphèbes athlétiques bronzés et musclés. Allongés sur la plage et attendant la marée haute, ils faisaient constamment cercle autour d'Ingrid. L'un d'entre eux, un dénommé Julien, garçon extraverti au possible, ne cachait pas son intérêt pour cette jolie Suédoise, lui aussi attiré par son charme. Même si elle n'appréciait pas toujours ses plaisanteries parfois osées, elle aimait rire avec lui, ce qui me rendait jaloux. Pourtant, elle n'hésitait pas à le quitter dès que j'approchais du groupe, allant jusqu'à me confier qu'elle préférait ma présence à la sienne. « J'aime ta compagnie, ta discrétion, ta façon si aimable de me parler. Tous ces "apollons" ne sont que des frimeurs, des vantards. C'est à qui se montrera le plus fort, le plus bronzé, le plus poilu et malheureusement aussi le plus con. » Elle parlait véritablement bien le français courant !

Cherchant vainement à percevoir le son d'un Rock n'roll endiablé, c'est celui de la sirène des pompiers qui me parvint en premier. Au loin, je distinguai nettement les gyrophares des voitures de la gendarmerie et ceux des ambulances. J'accélérai le pas, courus même, inquiet et curieux à la fois. Une vingtaine de jeunes faisait cercle autour des sauveteurs penchés sur le corps d'une femme. Mon regard fit le tour de l'assistance à la recherche d'Ingrid. Ne la voyant pas, je pensai qu'elle aussi avait peut-être eu un empêchement. Dans la bousculade, je parvins à m'approcher, sans pourtant identifier la victime. Des bribes de conversations assassines se faufilèrent alors jusqu'à moi. Quand j'entendis… *jeune suédoise…* je fus pris de panique, ne pus retenir mes larmes et fis preuve de beaucoup de vaillance pour ne pas m'écrouler. Déterminé, comme s'il s'agissait d'un être proche, je forçai le cordon de curieux et reconnus alors la silhouette d'Ingrid. On ne pouvait la confondre avec une autre fille. Elle était unique. Son beau visage n'était plus qu'une plaie. Du sang. Du sang sur les cheveux, le visage, les mains. Spectacle horrible et insoutenable. Avec délicatesse, les pompiers l'installèrent sur un brancard. Petite chose inerte emmaillotée dans sa combinaison fluo partiellement déchirée. Mais qu'attendaient-ils donc pour la conduire à l'hôpital le plus proche ? Le bruit de l'hélicoptère de la sécurité civile me donna la réponse. En quelques secondes, elle s'envola dans la noirceur des cieux, puis disparut pour rejoindre probablement l'hôpital de Bordeaux.

Ceux qui n'avaient même pas assisté à l'accident racontaient. Ceux qui n'avaient rien vu répétaient, exagérant probablement la gravité de son état, des mots répugnants et intolérables. Des mots à vous abattre, à vous détruire : Gorge tranchée… Carotide coupée… Hémorragie… Morte… Guidé par la panique, je courus jusqu'à la plage. La marée avait rejeté l'arme du crime. Par répulsion ? Par colère peut-être ? Je distinguai aussitôt l'aileron acéré coupeur de bras, de mains, de visages et de vie. Prenant d'infinies précautions, les gendarmes s'agitaient, photographiant les lieux et cette maudite planche responsable du drame.

Dans la salle, la fête avait repris son cours. Alors que j'étais abattu, anéanti, je fus surpris par les rires d'une jeunesse insouciante et indifférente, chantant et s'amusant. Mais moi, je l'aimais vraiment cette petite Suédoise ! C'était mon amie, ma très chère amie ! Comment pouvaient-ils faire la fête alors qu'une de nos camarades luttait peut-être contre la mort ?

Assis sous un énorme pin, tête appuyée sur ses genoux, j'aperçus un jeune homme sanglotant sous l'effet du chagrin. Je pensai aussitôt à Julien. Mais ce n'était pas lui. Par contre, je le reconnus comme faisant partie de la bande de courtisans que n'appréciait pas toujours Ingrid. Sentant ma présence, il se releva. Livide, lèvres tremblantes, je vis des larmes couler sur son visage ensanglanté, bredouillant des mots difficiles à comprendre. Un monologue à vous faire vomir. « Je l'ai vu ! C'est lui. J'en suis certain. Julien ! Ce salaud ! C'est lui qui l'a tuée. Je l'ai vu ! » Retrouvant son calme il poursuivit : « Arrivée avant les autres, Ingrid avait rejoint les vestiaires pour se changer afin de profiter des impressionnantes déferlantes avant que ne débute la fête. Quand j'entendis des cris, je me suis précipité. Nu, Julien tenait fermement les bras d'Ingrid, cherchant à la coucher à terre. La pauvrette se débattait de toutes ses forces tout en l'injuriant. Même si je le savais plus fort que moi, je me suis jeté sur lui, le martelant de coups, mais son poing m'arrêta net et me fracassa le nez. Julien s'est alors enfui, proférant des menaces dont je ne compris pas le sens. Par respect et discrétion, je détournai mon regard du corps partiellement dénudé d'Ingrid. Entre deux sanglots, elle trouva néanmoins la force de me remercier. Quelques minutes plus tard, équipée de sa combinaison fluo et de son bonnet blanc, apparemment remise de ses émotions, je la vis franchir les premiers rouleaux puis s'allonger sur sa planche prête à gagner la crête d'une impressionnante vague. Dissimulé derrière un arbre, je l'observai tout en me disant qu'il n'était pas prudent de s'aventurer dans cette mer en furie. Sans qu'elle puisse soupçonner sa présence, je vis Julien la suivre quelques mètres derrière elle. À son tour, je le vis plonger, nager en sa direction, lui saisir les jambes et l'attirer vers le fond. Ils disparurent un long moment. Je les ai crus noyés, certainement engloutis. Enfin, une forme sombre, inerte, ballottée dans tous les sens, réapparut au sommet d'une impressionnante vague dentelée d'une écume argentée. Puis ce fut l'horreur. Poussée par le vent et la vitesse des flots, je vis la planche se diriger droit sur Ingrid, la percuter, la fracasser à plusieurs reprises. Étouffés par le bruit infernal des ressacs, je ne pouvais entendre ses cris, mais je suis certain qu'elle devait hurler. L'océan la rejeta sur le sable comme on se débarrasse d'une intruse. Je me suis précipité. À la vue de son corps inerte et ensanglanté, j'ai appelé à l'aide, mais le vacarme des flots et celui de la musique couvrait ma voix passablement étranglée. C'est Louis, le maître-nageur, qui, arrivé en retard à la fête, remarqua le premier mes gesticulations et téléphona aux pompiers. Maîtrisant ses gestes, en vrai professionnel, il lui fit plusieurs compressions thoraciques alternées par des insufflations jusqu'à ce qu'elle reprenne enfin un semblant de respiration. Sans lui, je crois qu'elle serait morte. »

— Qu'est devenu Julien ? lui demandai-je.

— Je n'en sais rien, même si j'ai cru apercevoir, à une cinquantaine de mètres de là, une forme humaine sortir des eaux et s'enfuir.

— Il faut aller raconter ça aux gendarmes. Ils sont justement sur la plage occupés à effectuer des relevés.

— Non, non, personne ne me croira et je crains qu'ils ne m'accusent en voyant mon nez en sang. Pour être franc, je redoute surtout la violence future de Julien.

— Il faut absolument que tu témoignes. Dès qu'elle sera en mesure de parler, Ingrid t'innocentera. Il s'agit là d'une tentative de meurtre. Pas moins ! Veux-tu que je t'accompagne ?

— Oui, merci, car je ne me sens pas la force de les affronter seul.

Photos à l'appui, l'accident fit la « une » du journal « Sud-Ouest » expliquant qu'une jeune mineure imprudente avait voulu surfer sur une vague géante comme on n'en avait encore jamais vu à Hossegor. Avant même que l'enquête ne puisse révéler les causes exactes de la tragédie, le journaliste, s'appuyant sur le témoignage d'un jeune homme ayant assisté à la scène, rapporta qu'il s'agissait peut-être d'une tentative de meurtre par noyade de la part d'un camarade majeur ayant, auparavant, essayé de violenter la victime. Inconnu des services de police, des recherches furent néanmoins entreprises afin de le retrouver. L'état de santé de la blessée, une jeune Suédoise en vacances, restait alarmant sans toutefois que ses jours fussent en danger. Souffrant de multiples coupures au visage et aux mains, mais aussi d'un traumatisme crânien, c'est surtout la blessure à l'œil droit qui préoccupait les chirurgiens.

Écrasé par le chagrin, perdu, j'essayai de comprendre pourquoi, à cette heure tardive, avec une météo annonçant un coup de tabac, Ingrid s'était aventurée sur la vague. Une vague scélérate comme le relatait la presse. Je m'en voulus. Ah si seulement j'avais été présent, jamais elle n'aurait tenté cette folie ! Je l'en aurais dissuadée. Elle m'aurait appris à danser le Rock, le Twist, le Paso Doble. Attendant la nuit noire, je l'aurais raccompagnée, main dans la main, épaule contre épaule, corps contre corps. Nous aurions fait des projets. Pour le lendemain. Pour le restant de nos vacances. Voire peut-être plus. Elle m'aurait confié la photo prise sur « l'estacade », celle de notre première rencontre.

Bordeaux à cent quatre-vingts kilomètres, comment lui rendre visite ? Comment me rassurer et prendre de ses nouvelles ? En me rendant à plusieurs reprises à la maison que louaient ses parents, je trouvai à chaque fois les volets clos, l'habitation déserte. J'envisageai alors de rejoindre le CHU en stop, mais n'en eus pas le courage. Ignorant mon idylle, je n'osais pas demander à mon père de me conduire jusqu'à elle. Ma mère avait cependant tout deviné, mais se faisait discrète et gardait le silence. Seul mon oncle, même si je ne lui avais jamais fait la moindre confidence, semblait être au courant. Sans que je le sollicite, il me proposa aimablement de me conduire jusqu'à l'hôpital en mentant à son frère. « Je serai absent pour la journée. Des pièces pour le bateau. Vous vous passerez bien de moi ! Jean m'accompagnera, je lui ai promis de lui faire découvrir Bordeaux. » Délicate, tante Denise se tut.

Me voyant triste et inquiet, Henri me consola tout le long du trajet. « Quel salaud ce Julien quand même, mais rassure-toi, au CHU, ils vont te la réparer ta jolie Scandinave. Dans quinze jours, il n'y paraîtra plus ! »

Lorsque je la découvris immobile dans une petite chambre plongée dans la pénombre, je n'en crus pas mes yeux. Le visage tuméfié, un bandeau sur l'œil droit, les mains emprisonnées de bandelettes encore tachées de sang, Ingrid eut néanmoins la force de me sourire. Il me sembla même qu'elle était heureuse de me voir. Pétrifié, je m'approchai sans oser cependant la toucher, craignant de réveiller ses douleurs.

— Merci d'avoir eu le courage de rendre visite à une momie. Excuse-moi aussi d'avoir manqué notre rendez-vous. Une folie. Une envie inconsciente de dompter cette vague géante me vaut aujourd'hui ces blessures.

— C'est moi qui devrais m'excuser. Je m'en veux de ce retard imprévu. Je t'aurais sûrement empêché de commettre cette imprudence. Comme tu dois souffrir !

— Pas trop. Ils me shootent à la morphine. Le nerf ophtalmique atteint par de nombreux débris de fibre de verre provenant de la planche a obligé le chirurgien à procéder à l'ablation de l'œil droit. Il faut attendre une cicatrisation complète avant d'envisager une réfection de la paupière et l'implantation d'une prothèse.

— C'est atroce !

Je retins juste l'horrible mot « ablation », alors qu'Ingrid ne semblait pas forcément abattue par la perte d'un œil. Peut-être frimait-elle ?

— Mes parents ont décidé, avec l'accord du chirurgien, de me rapatrier en Suède. Les vacances sont terminées pour moi, Jean. Nous avons passé d'agréables instants et je compte bien nous revoir l'année prochaine. Tu me reconnaîtras facilement avec mon œil de verre !

— Tu parles comme s'il s'agissait d'un simple incident ! J'envie ton courage et ton optimisme. Oui, je vais attendre avec beaucoup d'impatience ton retour, mais j'espère que tu te contenteras, cette fois-ci, de balades sur le petit chemin bordant le lac. Bien à l'abri du vent, des vagues et… des curieux.

— Je ne pense pas devoir abandonner mon sport favori. Cette imprudence va me servir de leçon ! Ça sera juste un peu plus difficile avec un œil en moins.

— Tu es vraiment incorrigible. Écris-moi Ingrid. Je te laisse mon adresse. Je ne t'oublierai jamais et tu vas beaucoup me manquer.

— Merci, Jean, pour ta gentillesse et ta continuelle bonne humeur. J'aurai toujours une pensée pour toi.

Je ne pus retenir mes larmes, conscient que je ne reverrais probablement plus jamais Ingrid. « Quand on pleure de chagrin ou de peine, c'est que l'on est véritablement amoureux mon n'veu ! » me souffla malicieusement l'oncle Henri.

Mes derniers jours de vacances se révélèrent un calvaire ayant continuellement à l'esprit la vision d'Ingrid sur son lit d'hôpital avec ses pansements dissimulant partiellement son beau visage et ce bandeau la rendant à demi aveugle. J'étais saisi de peur et d'angoisse de la savoir dans cet état.

Longtemps, j'ai compté les jours, les printemps et les étés brûlants passés à attendre vainement de ses nouvelles. Je n'ai jamais reçu la moindre lettre. Malgré son silence et l'éloignement, je n'ai pensé qu'à elle sans toutefois oser retourner à Capbreton. Même si mon cœur éprouvait un besoin vital de la revoir, j'étais pris d'une indéfinissable appréhension, doutant de son retour et de son attachement à mon égard. N'avait-elle pas définitivement oublié ce jeune homme pâlot qui l'avait fait sourire et auquel elle s'était aimablement refusée ?

Depuis cette tragédie et la maladie de mon père l'empêchant de conduire, ce fut à notre tour de recevoir l'oncle Henri et son épouse à Angers. Mais la Loire n'arrivait pas à lui faire oublier l'océan. Parfois, il se moquait, traitant les « boires » de trous d'eau morte et puante. Seul un filet d'eau courait entre les bancs de sable dorés capables de les relier au fleuve. Nous avions l'impression, avec maman, qu'il s'ennuyait malgré les parties de pêche. Lui non plus n'avait jamais revu Ingrid depuis son accident. Apparemment, elle n'était jamais revenue à Capbreton.

Fatigué par cette sortie en mer, troublé par ces retrouvailles avec mon passé, j'éprouvai une fois de plus des difficultés à m'endormir, consacrant mes pensées uniquement à celle que j'avais longtemps aimée, que j'aimais peut-être encore et disparue sans même m'avoir laissé son adresse. Sûr que j'y serais allé jusqu'en Suède. La retrouver. L'épouser. Elle serait alors aujourd'hui ma femme. Nous aurions bien entendu deux enfants. Garçon et fille. *« C'est mon rêve de femme pour plus tard »,* m'avait-elle confié secrètement. J'aurais appris la langue, me serait installé dans sa ville. Comme boulanger. C'est ma passion, mon métier, ma vie. Tout le monde a besoin d'un boulanger ! Nous serions heureux. Surtout moi !

Quand au petit matin je retrouvai l'oncle Henri, assis face à son bol de café fumant, je remarquai de suite son air embarrassé. Pour ma part, j'avais d'autres projets en tête que celui de retourner en mer, la dernière sortie m'ayant rendu trop mélancolique. Il me tardait cependant de revoir « l'estacade » et le banc sur lequel j'avais fait la connaissance d'une très jolie jeune fille. Après avoir attendu que Denise quitte la cuisine l'oncle me confia discrètement :

— Ce matin, dans Sud-Ouest, j'ai lu qu'il était question d'un rebondissement dans l'affaire concernant la tentative de meurtre jamais élucidée et dont fut victime ta petite Suédoise. En cavale depuis ce jour tragique, l'homme, un certain Julien M… a été rattrapé à la frontière espagnole. Interrogé, il a avoué son crime et est emprisonné à la maison d'arrêt de Mont-de-Marsan en attendant son procès. Il risque vingt ans de réclusion.

— …

— Entre nous, je te confie qu'il m'a semblé, la semaine dernière, avoir vu une jeune femme près du marché couvert descendre d'un quatre-quatre immatriculé en Suède. Accompagnée d'un homme très grand, les cheveux aussi blonds que les siens, elle tenait par la main un petit garçon et une fillette qui lui ressemblaient fort. J'ai pensé qu'il pouvait s'agir d'Ingrid.

— T'en as encore beaucoup de nouvelles aussi chouettes à m'annoncer tonton ? Si tu savais comme je suis heureux et soulagé de la savoir en bonne forme et maman de deux enfants. Malgré mon envie de la revoir, je me sens toutefois incapable de me présenter à elle. Il serait inconvenant de ma part de lui rappeler nos souvenirs.

— C'est très sage de ta part.

— Alors ! On se la fait cette sortie en mer ?

— Et comment mon n'veu !

Lucien le forgeron

Tu n'es plus là où tu étais, mais tu seras partout où je serai.

Victor Hugo

Les guerres déchirent le cœur des mères, des épouses, des amantes ; elles dépeuplent les provinces, ravagent les campagnes, réduisent les villes en poudre.

Pigault-Lebrun

Les canons grondent et font trembler la terre. Déjà deux mois que Madeleine s'est engagée à l'hôpital militaire situé à une vingtaine de kilomètres du front et que Lucien, son jeune époux, a délaissé sa forge pour rejoindre les « Poilus » dans les tranchées artésiennes. Juste avant leur séparation, une merveilleuse nouvelle les avait pourtant comblés de joie : l'enfant qu'ils n'avaient pas prévu naîtrait dans quelques mois. Cela aurait pu être un jour de grâce pour ces tout jeunes mariés, mais une guerre terrible et sanguinaire allait les séparer.

Malgré la promesse faite à son mari de se reposer le temps de sa maternité, Mado, comme l'appelle amoureusement son mari, est incapable de rester insensible aux malheurs qui touchent la patrie et n'ose encore moins avouer à son cher poilu qu'elle s'est, juste après son départ, engagée comme infirmière auxiliaire à l'hôpital militaire d'Arras manquant cruellement de personnel compétent et de bras généreux.

Les victimes arrivent par charrettes entières, surtout depuis cette affreuse bataille de mai 1915 ayant fait des milliers de morts. Toutes les infirmeries et les hôpitaux du département sont mobilisés pour soigner les trop nombreux blessés que l'on ne sait plus où installer. Le plus révoltant pour Madeleine, est de constater avec quel détachement apparent les médecins militaires les traitent avant même de les avoir sérieusement auscultés. Ceux dont les blessures sont considérées comme légères, attendent parfois plusieurs jours avant d'être pris en charge. Les cas désespérés, sont eux ignorés et confinés dans les caves du sous-sol, sans soins, attendant que la mort les prenne, ne disposant, pour seuls compagnons, que des cris abominables et des pleurs de ceux qui devinent la « grande faucheuse » venue les chercher.

Les rares blessés allemands ayant échappé aux exécutions sommaires ne sont jamais une priorité pour le médecin colonel et Madeleine s'irrite d'une telle inhumanité. Dans cette guerre meurtrière, il n'y a pourtant jusque-là ni vainqueur, ni perdants, mais seulement une douleur commune.

« On soigne déjà les nôtres, pour les "boches" on verra… lui ordonne une fois pour toutes le médecin-colonel.

— Et pour ceux abandonnés au sous-sol, que fait-on ?

— On verra plus tard. »

Mais elle ne voit rien venir ; jamais. Oubliés, ils croupissent et meurent dans la plus complète indifférence. Déterminée, elle lui répond du tac au tac qu'elle n'est pas tenue à obéir à un ordre contraire au serment signé, l'empêchant de soigner un soldat, fut-il Allemand. Qu'en sa qualité de volontaire, elle reste une infirmière, mais aussi une femme libre.

— Nous sommes en guerre madame !

— Moi également mon colonel, et ma mission est de soigner et aussi de me battre contre l'absence de charité ! lui répond-elle avec aplomb.

Désobéissant délibérément aux ordres ignobles, elle a pitié d'un jeune soldat ennemi qu'elle soigne et encourage en cachette. Elle hait cette guerre qui sépare les hommes et l'éloigne de celui qu'elle aime, défigure les combattants, les tue ou les mutile pour le restant de leur vie, et ce, quelle que soit leur nationalité.

Dans un français presque parfait, celui qu'elle protège lui murmure avoir laissé dans son pays des parents âgés et malades et craint de ne jamais les revoir. Il lui raconte comment il a été engagé de force, à dix-huit ans tout juste et contre sa volonté. Dévouée, sensible à la misère de cet homme trop jeune pour mourir, Madeleine ne regarde jamais sa montre, disposant toujours d'un instant pour lui saisir la main, le rassurer, allant jusqu'à lui promettre une guérison dont elle n'est absolument pas certaine.

Malgré d'éreintantes journées, privée de pauses, elle se révolte devant tant de souffrances. Aussi, quand la nuit s'avance enfin, fiévreuse et tremblante, elle n'a qu'une hâte, retrouver sa paillasse et prendre connaissance de la lettre de Lucien que lui a remis ce matin le vaguemestre et qu'elle n'a pas encore pris le temps d'ouvrir. Prestement, elle retire de la poche de sa blouse maculée de sang le message toujours trop court de Lucien.

« Le 5 mai 1915

Ma très chère épouse,

Rares sont les moments où je ne pense à toi que j'aime et qui me manque tant. Depuis quelques jours, le calme est revenu sur le front. Apparemment, l'ennemi s'essouffle. Ainsi, je peux me rapprocher encore plus près de toi et rêver. Tu es là, assise tout contre moi, ma tête contre ton ventre que je devine s'arrondir chaque jour davantage. Comme toujours, ton sourire est charmeur, ton regard lumineux et ton doux visage resplendissant. Tu es magnifique. En posant ma main calleuse sur cette peau douce et tendue comme un tambour, je sens notre petit taper du pied, impatient comme je le suis moi-même, de découvrir sa jolie maman. J'espère bien avoir une permission pour fêter ce jour fabuleux où notre bébé fera la connaissance d'un monde qui je l'espère aura retrouvé la paix et surtout son bon sens.

Il ne faut pas t'inquiéter ma chérie, ici je suis un planqué, deux kilomètres derrière les tranchées. En ma qualité de forgeron, je répare les armes encore potables, les roues des chariots supportant les canons, enfin… rien à voir avec ce que je fais habituellement à la forge. Il arrive que certains obus passent au-dessus de nos têtes, mais leur sifflement aigu nous prévient suffisamment à temps pour nous permettre de gagner les abris. Ce n'est rien en comparaison de ceux qui sont en première ligne, pataugeant dans la boue, le sang et les larmes, dormant sur des paillasses infestées par la vermine et devant se battre également contre les rats. On nous dit que l'ennemi ne tiendra pas l'hiver. Je l'espère et j'y crois. Nous n'avons d'ailleurs pas le droit de douter. La cantine est satisfaisante, les copains formidables. Il y en a toujours un pour nous distraire, nous remonter le moral et amuser la galerie. On rigole bien ! J'ai confiance en la sagesse des hommes et de nos responsables. La paix est pour bientôt. Sois prudente ma petite femme chérie, repose-toi bien et prends grand soin de notre trésor. Tu me manques, je pense sans cesse à toi, encore plus le soir quand me reviennent en mémoire ces instants merveilleux où ton corps gracile, nu et brûlant, venait se joindre au mien. Je t'aime à la folie.

Ton Lucien »

Comme elle le fait elle-même, son époux lui ment effrontément. Du fond du boyau dans lequel il patauge, Il n'ose lui avouer que chaque jour, chaque nuit, lui et ses amis sont confrontés à un ennemi super armé et de plus en plus déterminé. Pour preuve, la récente attaque subie la veille. Le jour à peine levé, un vacarme épouvantable, comme une rumeur sanglante venue du bois partiellement décapité et qui ne les abrite plus, vient rompre avec une brutalité rare le silence du matin. Avant que les soldats ne réagissent, les baïonnettes allemandes brillent comme des éclairs sous les premiers rayons du soleil et s'abattent sur des poilus les yeux encore emplis de sommeil. La bataille est terrible, frisant la barbarie, mais l'ennemi courageusement repoussé au prix de nombreux morts. Certains crient naïvement victoire alors que d'autres restent désespérés en voyant leurs camarades gisant à leurs pieds. Beaucoup ne se sentent plus vivants, constatant avec effroi avoir perdu un membre, un œil, une partie de leur visage ou tout simplement la parole.

Ce qui étonne toujours Lucien, sans pourtant jamais qu'il n'y trouve d'explication, est qu'il puisse y avoir, après chaque bataille sanglante, un cessez-le-feu non convenu. Dans un silence furtif, chaque camp rapatrie alors ses blessés et ses morts. Le calme enfin revenu, pour quelques minutes ou quelques heures, rarement pour une journée, chacun fête le fragile et provisoire armistice à sa façon. On boit pour oublier, on s'embrasse, on pleure aussi un ami disparu. Jamais Lucien n'oserait décrire à Madeleine ces instants d'horreur mais aussi le bonheur profond qu'il éprouve de se savoir encore en vie. D'ailleurs, chaque courrier est censuré et gare à ceux qui rapporteraient de telles vérités ou des propos défaitistes.

L'arrivée du vaguemestre demeure à chaque fois un moment de joie et d'espérance. Tous attendent avec une folle impatience que le bras du messager se lève et brandisse une liasse de lettres porteuses de bonnes nouvelles, mais parfois hélas de mauvaises.

— Courrier les gars !

La main de Lucien tremble, son cœur s'agite lorsqu'il saisit la lettre tendue par le caporal facteur.

« Mon cher petit mari,

Comme je suis heureuse et rassurée de te savoir éloigné du front. Ce que j'aime en toi, c'est cette faculté que tu as de t'émerveiller de la beauté d'un monde que tu aurais mille raisons de juger insupportable et cruel. Ici aussi, on parle de plus en plus de la reddition prochaine des Allemands, Clemenceau en est certain, c'est tout du moins ce que disent les journaux. Il paraît que les Canadiens, les Américains et les Anglais sont prêts à renforcer nos troupes et à nous aider à terminer cette guerre qui n'a que trop duré. Courage, tu seras bientôt revenu parmi nous.

Si tu savais comme notre petit devient impatient. Il bouge sans cesse, un peu comme toi lorsque tu tournes en rond dans la maison. Pour ma part, comme promis, je me repose et tricote : brassières, chaussons, châle. Ignorant le sexe de notre futur bébé, j'ai choisi de la laine blanche, mais je crains, par ta faute, devenir paresseuse à ne rien faire, sauf à penser à toi sans cesse. La ville est calme. J'ai rencontré tes parents à la boulangerie. Ils m'ont invitée dimanche, jour de la ducasse, à déjeuner avec eux. Je leur lirai ta dernière lettre. Enfin, peut-être pas tout ! Ils sont toujours aussi gentils avec moi. Je les adore. Il paraît qu'à l'hôpital militaire, le nombre de blessés n'a jamais été aussi faible. C'est encourageant. Je suis certaine que dans ces conditions tu obtiendras facilement une permission pour la naissance de notre enfant qui s'annonce merveilleuse. Je me ferai belle pour vous deux ce jour-là. Nous t'embrassons tendrement. Fais bien attention à toi. À très bientôt. Je t'aime et tu me manques. Mado. »

Pour rien au monde, elle ne lui rapporterait la misère qu'elle rencontre à l'hôpital et, afin de ne pas altérer son moral, lui cache le nombre important et intolérable de blessés mélangés aux mourants arrivant chaque jour par voitures entières. Elle oublie aussi volontairement de l'informer que malgré quelques sporadiques victoires en Artois, l'armée française recule sur le front de la Marne, subissant des pertes importantes. Que malheureusement, cette guerre risque d'être encore longue et cruelle. Bien trop longue au goût de tous.

Malgré son ventre qui l'encombre, la jeune femme redouble d'activité, refusant même les ordres l'invitant à se reposer et plus encore à ne pas perdre son temps avec les blessés graves, surtout lorsqu'il s'agit d'un ennemi ! Devant tant d'iniquité, Madeleine se révolte, affrontant avec témérité et un courage fou les médecins militaires dont elle ne craint ni l'autorité ni les éventuelles représailles. L'enfant qu'elle porte apaise toutefois ses rancœurs, la stimule même, tout en lui faisant haïr chaque jour davantage cette guerre inutile et sanglante. Dorénavant, elle se sent investie d'une double mission : donner la vie et en même temps soulager celle de ces jeunes gens revenant du front défigurés, mutilés à perpétuité. Prête aussi à répondre aux médecins qui lui reprochent ses désobéissances et son humanité.

Pourtant, la jeune infirmière s'inquiète. Depuis quinze jours, elle est sans nouvelle de Lucien. Elle sait combien la bataille a été sanglante dans cette première quinzaine de mai 1915 et elle redoute le pire. Et si le planqué que son mari prétend être lui mentait en lui affirmant ne rien risquer ? Il en est bien capable le bougre. Et s'il était blessé ? Elle ignore sur quel front exact il se trouve, la sécurité militaire exigeant que les cartes-correspondance envoyées aux soldats soient adressées à un secteur postal anonyme.

S'ils savaient l'un et l'autre, que vingt kilomètres seulement les séparent !

Si Madeleine supporte difficilement la fatigue et les douleurs dues à son état, elle n'accepte plus de voir les blessés souffrir, encore moins d'entendre ces cris inhumains et les suppliques de ceux qui réclament la mort. Aussi, lorsqu'elle est de garde la nuit, elle n'hésite pas à chaparder quelques doses de morphine dans la pharmacie, seul remède capable de soulager ces malheureux, voire de les faire espérer une improbable guérison.

Comme un pied de nez envers ces officiers sans cœur, elle n'hésite pas à visiter encore plus souvent ce jeune blessé dont elle sait les jours comptés. Reconnaissant de l'attention qu'elle lui porte, il lui avoue être un civil réquisitionné et déguisé en soldat allemand comme l'ont été de nombreux Lorrains et Alsaciens. Un « malgré-nous ». D'une voix faible et assourdie, il lui relate comment son adversaire d'un jour lui permit cependant de survivre :

— C'était un brave type. Il aurait pu me tuer. Moi-même je ne sais pas ce que j'aurais fait à sa place. Lui, il m'a sauvé la vie, enfin peut-être, car je me sens partir chaque jour davantage Madeleine. Vous permettez que je vous appelle par votre prénom ? Lorsque nous nous sommes retrouvés face à face, lui au fond de la tranchée, de la boue jusqu'aux chevilles et moi le dominant, mon arme braquée sur lui, prêt à tirer, nos regards se sont croisés, puis fixés une longue seconde. Avant que je ne réagisse, il saisit prestement mon fusil d'une main ferme et me fit chuter au fond du boyau boueux en me blessant au ventre. Son regard était doux, mais sa baïonnette acérée et cruelle. J'ai hurlé, appelé maman au secours, demandé grâce à celui qui me soutenait vaillamment la tête alors que j'entendais ses copains lui crier :

— Allez Lucien, achève-moi ce salaud !

— Impossible, répondit-il d'une voix tremblante, vous voyez bien que c'est un gamin. À son accent, je parierais même qu'il est Alsacien !

À l'oreille, il me conseilla même de confirmer ses propos, ce que je fus incapable de faire, les forces me quittant désespérément.

— Et alors ? C'est quand même un Boche, non ? braillèrent les hommes furieux et assoiffés de sang.

— On ne va tout de même pas tuer ceux qui habitent une région qu'on est venu leur reprendre ! leur répondit-il.

C'est alors qu'un officier, l'arme au poing, pria mon protecteur d'en finir au plus vite avec moi.

— Tue-moi ce boche ! C'est un ordre, hurla-t-il, sinon…

— Impossible mon capitaine, c'est un gosse et il est peut-être Français ! Vous ne ferez jamais de moi un criminel osa-t-il affirmer à l'encontre de son chef.

Un coup de feu partit dans la seconde. Le corps de mon sauveur s'affala sur le sol boueux. Seul le silence fit écho au bruit sec de la détonation. Tandis que l'officier assassin remettait tranquillement son arme à la ceinture et disparaissait sans un mot, ses amis se précipitèrent à son chevet. Le corps ensanglanté, tête renversée et bouche ouverte, il ne faisait déjà plus partie des vivants. Aussitôt, la tranchée se fit l'écho d'une terrifiante nouvelle :

« Lucien le forgeron est mort ! Lucien le forgeron est mort ! »

C'est alors que des voix de reproche, voire de révolte, se firent entendre probablement pour la première fois parmi les soldats écœurés et révoltés. Ce fut, je crois, le premier mutin à être exécuté sans jugement. Comme j'aurais souhaité avoir son courage !

Impossible pour Madeleine de retenir ses larmes de chagrin et de sang. « Ne pleurez pas, lui chuchote alors le mourant. Je vais vous quitter heureux de vous avoir connue. »

Lui saisissant une main moite et amollie, Madeleine la porte avec délicatesse sur son ventre déjà bien arrondi de future maman. Le visage livide et défiguré par un inconsolable chagrin, d'une voix étouffée, elle lui murmure :

— Sentez comme mon bébé est devenu soudain nerveux. Je crois qu'il a tout compris du drame qui nous touche. C'est son papa qu'on a assassiné !

***

La bougie s'est éteinte, plongeant le dortoir dans une lugubre obscurité. Un dernier râle alsacien, un cri de femme accablée. Les plaintes et les pleurs de ceux qui désespèrent.

Coûte que coûte, Madeleine poursuivra sa mission. Soigner, aimer, consoler, aider, guérir. Sans toutefois toujours réussir. C'est devenu son combat. Elle ne renoncera jamais, ne serait-ce qu'en mémoire de l'homme adoré qu'elle ne reverra plus.

Table des matières

Imprimé en France
Achevé d'imprimer en mai 2022
Dépôt légal : avril 2022

Pour

Le Lys Bleu Éditions
40, rue du Louvre
75001 Paris